比霧更深的地方

張惠菁 著

目次

自序——比霧更深的地方 5

輯一 月夜

一月 17
第二個月 29
第三個月 39
梅花山 47
趙子龍 55
仁獸解 63
天宮不鬧 75
八月鏡子 81
雨和浪潮 89
夜色溫柔 95
封神 103

輯二

在時空的座標裡看見美——張惠菁對談施靜菲 109

輯三

時間裡的人

對這個世界，愛與傳遞的區塊鏈 161
時間的作用力——《千羽鶴》與《山之音》 169
那時的不知，才是珍貴的 177
僅只是默默無聞而已 185
《小偷家族》裡的聖者們 193
《獨帆之聲》是誰的孤獨？ 199
從紅膠囊到郭宏法——藝術圈的孤獨者 205
怎樣說活一個故事？——郭宏法的繪畫與響聲能量藝術 211
後記——關於家鄉 215

自序

比霧更深的地方

1.

這本集子裡大部分的文章，就文類而言，是會被歸為「散文」的。但散文是什麼？

我並不是心裡想著要寫一篇「散文」而寫。如果說它們是散文，那麼散文就是一種思想的方式。可能也是唯一一種真實可行的思想方式。它是我在一個人獨處的自由（同時也是限制）之中，藉由文字這個介質，讓思想發生的流動。

在寫這些文章時，我同時有一份別的職業，在生活裡也有其他的角色。但這些文章中所寫的想法，在工作和生活裡卻不容易有機會發出為話語。而我仍然會思想它們。它們要求我從社會集體返回到個人化的節奏裡，往日常用不到的角落去取用知識和感受，也形成知識和感受。它們不是「有力」的主張。但它們確實是一道道始終在向前流動的小河流。這個節奏，這些知識、想像和同理，藉由它們我創造一種比較柔和、穩定的，理解這個世界的方式。

2.

城市各有不同的孤獨。上海是你在街上走過，聞得到弄堂人家晚飯的味道，看得見燈光，聽得見炒菜鍋的聲響，但你感到那些和你並沒有關連，你只是從他們窗外走過。北京是聞不到，每條街都那麼闊，住宅群集在小區裡，與街道還隔著遙遠的庭院造景。一個小區或許是個有上萬人聚集、向上堆疊起來生活的空間，但你有可能從外部感覺不到它的一絲人間煙火氣。這也會使你感到孤獨。

那年我到北京的時候是冬季，飛機降落在漆黑的停機坪上，機艙播音說外頭氣溫零下十五度。那些年是我很願意遠走高飛，很願意去另一個城市生活的時候。那時我不太害怕孤單。當你覺得自己還在往前走，孤獨就不可怕。你想看前面的風景，你想被一種沒有體驗過的溫濕度包圍。那些陌生感擊落在心臟上的刺痛，代替有人陪伴而成為一種期待。

我在北京生活了四年，住在一個租來的，二十層樓高的公寓裡。窗外是天空，只有天空。因為沒有哪棵樹能長到二十層樓高，而其他的建物距離都有些遠，都在街的另一頭。這個小公寓每到下午陽光西曬。因為是冬天找的房子，當時不怕它太暖。我還記得那個冬日下午，我已經在戶外走得又冷又累，看過一間又一間的房子，直到走進這一戶。一開門日照敞亮，迎面就是一窗戶的天空。空氣乾燥，白色沙發布表面漂浮著很淡很淡的灰塵味道。我想，就是這裡了。我就把自己寄存在這個被陽光漂白了的空間裡吧。

這本集子裡，有一半的文章寫在北京，在那個窗外只看得到天空的公寓裡。另一半，寫在去年我回到台北之後。在北京第一年的冬天，叫我印象最深刻的，是我真的看到歷史小說裡常描寫的那種：一輪鴨蛋黃般的太陽。在台灣、和世界上我曾去過的大部分地方，太陽光都是金色，或是白色的。但北京真的有橘紅色的太陽。經常是在薄霧的日子，可能是霧中懸浮的物質折射了光線，使太陽有了顏色。如果你停下來遠望，它就在那裡，因霧氣而輪廓模糊，在常見的灰牆上方，在掉光了樹葉的白楊樹稍，遠遠地掛著。有一點疏離，靜寂而古老。或許其他人都看慣了這樣的風景，並不會為它停下來。而我總是會。

另一個我始終記得的風景，是北京夜裡的霧與光。那時我上班的公司在東長安大街。加班後搭電扶梯下樓，穿過一整座地下商場後，從街的對過冒出地表。夜裡的東長安大街通常清冷，人車漸少。路兩旁裝飾著繁複的巴洛克式街燈。在霧中，那些燈光就被暈散了，每隔一段距離有一盞昏黃，越遠越隱約，直到被霧氣全面抹平，再也分不清是這盞或是那盞。站在街邊等公車，這霧與燈的夜景有時讓我想起巴黎的亞歷山大三世橋，橋上也有這樣形制複雜的燈。一張有名的照片是沙特站在籠著薄霧的橋上，穿著厚重的呢大衣，叼著菸斗，背後白氣茫茫。遠處有燈光靠近，我等的公車來了。

當我重讀這本書輯一「月夜」裡的文字時，北京的霧，天空，寒冷，它的日與夜的感覺，又回來了。它的遙遠也回來了。孤獨感，並且是只有北京這座城市才會給予我的那種孤獨，都回來了。

在北京的那幾年，我讀的書有點兩極。因為工作的關係，我讀了許多關於科技、與科技對人的影響、未來趨勢的書。我很關注那些世界上正在發生的，新的人類情境，例如人工智能與棋手的對弈，城市大數據與自動駕駛。另外我重讀了一些中國古典名著，《西遊記》，《封神演義》，《左傳》裡的文選等等。當我在書店沒有找到想看的新書、不知道該讀什麼的時候，我就走到古典的書架前，它們是安全而不易位移的選擇。因為很孤獨，所以經常不自覺地在這些書籍裡尋找可以同理的角色和情境。因為很孤獨，似乎也就特別清晰，總是看到年少時沒看出來的涵義。比如有一天我讀〈鄭伯克段於鄢〉，它是有關三千年前一個統治家庭的內爭，演變為一個小國的血流成河。是個關於仇恨引發更大的仇恨、輕蔑引發更大的輕蔑的故事。然則它又是關於一個善良的小人物，一個微不足道的他者、比鄭伯家族位階低很多的潁考叔，這個小人物以同為人子的同理心，救贖了一個深陷於悔恨循環中的權勢之家。這故事非常超越時空，我想，它就算出現在《魔戒》或是《權力的遊戲》裡，也毫無違和感。或許，在這個全球化的時代，在智能和演算法逐漸變成為我們自身存在看不見的鄰接面時，人類唯一可能的視角是潁考叔的視角。你追問不了在遠方進行的戰爭與權力的遊戲，你活在一個被給予的位置，你的生活受到更巨大層次佈局的導向，但你也還能從自己出發有一種同理心去理解，從而洞悉了在眼前應該去做的一件事，像潁考叔那樣。有時，它正是整體數據庫之所缺少，但應該被運算進去的一件事。

當我想起讀這些書，寫這些文章的日子，想起像〈鄭伯克段於鄢〉這樣的古老文學是如何來到我生活裡而我又如何藉由它們思想，我也會想起北京的霧。那時的霾還沒有後來的嚴重，而霧賦予了北京的太陽和夜裡的街燈，一種屬於那座城市特殊的朦朧和色溫。它像是矇在我的感官與孤獨之上的一層遮罩，將我引向了這些閱讀與這些感覺。年輕時候看世界，總想看得分明，覺得它應該分明。中年看世界，就明白有些事物確實是籠罩在霧裡的，這世上也有只在霧裡才會出現的風景，像是鴨蛋黃般紅色的太陽，和東長安大街按距離排列的暈黃。你要把霧連同世界一起看進去。看作是此刻的一筆數據。

比起明亮的日光朗照，閱讀文學或是古典典籍，更像是在這如霧籠罩般的世界裡，尋找月色的照明。文學與藝術，或許不是直接應答現實世界的問題，給不出口號主張和表面的是非對錯，但它們挑動的是某些更細微的神經——是這個閱讀者，感受者，這個想要理解世界的人的神經，然後，他可以自己去回答世界。有時我感到其中有答案，那答案經常是來自有什麼折射了我自己。一種既指涉又共振，既朝外又向內的辯證關係，你既是問問題的人，也是問題的本身。有時你是感動於在文學與藝術裡看到的探求，而不只是那作品的好壞。有時你在極古老的書籍裡，發現有一則記述，穿越時空來標示此刻的你。然而在得到這些啟示之前，多少要有一種勇氣去放棄。放棄在日常生活裡，我們經常披掛穿戴的那些短促、有所憑依的立場，放棄那些張口就來、標籤化的是非與功利。而自願走進比霧更深的地方，去獲得對世界另一維的理解。

這集子裡大部分的文章，是這樣寫出來的。我認為那是必要的。如果看得夠清楚，就會知道那樣的深入霧中不是作為什麼崇高的犧牲。而是時至今日作為人類活在世上之所必需。若非如此，那些人云亦云的成見，或出口咄咄，或嘻笑討巧，那些十分便於在社群網絡上引來讚聲的話語，其話語的跟風再跟風只會將我們繞進沒有出路的迷宮。有時我感到我們是一個霧中的世代，被標舉在亮處的價值太多，話語太多，義正詞嚴太多，但集體卻失去方向感在一片伸手不見五指的霧裡。

如果不可解的世界是霧，我們還是能嘗試去到比霧更深的地方，從那裡回頭看自己（首先是自己），在霧中的形狀。這個經驗是重要的。放下了鮮衣怒馬的幻術，回到無所有之處，能看見多少自己，才能看到多少世界。

3.

因為是這樣的一本書，必須特別謝謝鞭策我出這本書的陳蕙慧，書中和我對談的施靜菲，木馬文化的陳瓊如。因為他們，這本書才走到了天光之下，而不至於停留在霧裡。這段時間我寫的文字量不多，但在許多時刻曾經得到如聲納探測般不可思議的回音，使我看見霧中路徑的存在。文學是同理心的工程，而世上有些路徑，只有在同理之中才能看見。

輯一

月夜

一月

1. 影子

冬至前一天，傳來北方大雪的消息。秋天說她開了一下午的會走出辦公樓，眼前漫天亂雪難道真是末日？有心慌的根據，也有心定的理由——疑心眼前景物是否出於宇宙的干預，又分明是日常的場景。一年之中，太陽離地球最遠的一日，時間把冬天循環到了盡頭。接下來地球會每天更靠近太陽一點，以它橢圓的、迴旋的軌道。相對地太陽也朝地球更靠近一點，以它如數學極大值號般的軌跡。

冬至當天，霧氣襲降在名叫上海的城市，放眼都是灰色的潮濕。我去了一場派對，派對的邊陲有個寂寞的人。她對我說：「去外頭聊一下我請妳喝茶，跟妳講兩三件重要的事。」她說了幾件煩惱，我說了我的看法。一直到散離人群後的深夜我才忽然、在第三次咳嗽醒來時明白，那其實是不在場的談話。她只是藉和我說話逃避在派對中的寂寞。她說的話不是訊息。她只是在找一個藉著強調自己的煩惱，以融入周遭太明亮的熱鬧的方式。

這不是第一次。

彷彿卷軸在燭光下慢慢展開，接著我又明白：一直以來，她和我的對話都是不在場的。

她有那麼多的煩惱，這些煩惱從來沒有改善。但她仍然會說，我仍然會回。我忽然對自己的觀察力感到很可悲，它經常被騙，被帶著繞了許多的圈子。我總是忘記，雖然她在現實中遇到的麻煩事是真實的，她的心卻仍有可能是隱藏的。她發了求救的訊號，卻拒絕給出真正的方位——或許她只是想逃開半小時，派對上難堪的形單影隻。

深夜醒來，忽然看清這一切時，我感到傻，但不感到錯。我不夠聰明，我沒看出偽裝，我多管閒事，但我說的是真心話，我說了我認為對的事。

只是，一直都在和影子說話啊。

於是夜裡，也像卷軸一樣，我可以看見自己的情緒，變化的光譜。一開始是堅硬的、鈍器般的情緒：浪費了時間的惱怒，自認像個傻子般徒勞的辜負，但這都不是全部。一場派對裡的時間沒那麼寶貴，花在喧鬧或花在不是核心的問題裡打轉，過去也就過去了。人世間的徒勞，這並不是第一件、也不會是最後的一件。

徒勞之感淡去。我告訴自己，那不斷發出誤導訊號的人是可憐的；需要陪伴卻不想被靠近的人是可憐的。退到極疏遠處，才看得出，訊號真正的指向，不在她選擇說出口的事，不在那些費心的傾吐。那些只是她藏蓋自己、迷宮外牆結構的一部分。她真正發出的是「來找我」的訊號——悲觀而輕蔑，並不認為有誰可以真正找到她。

可憐她的同時，也有一點可憐自己。也有一種寂寞的感覺，像墨色從洗筆池的底部緩緩升起，迂迴地、無人問津地，和清水調和，稀釋。在一座叫做上海的城市，凌晨六點的黑暗裡，有那麼一瞬，天彷彿永遠不會亮。

但卷軸畢竟又展了下去。時間行進，天光亮起。寂寞的感覺離去。留下一種，像是受過傷後的柔軟。

時間的題庫，費心的傾吐，愛恨的歧路，信念的坦途。

這是冬至當天發生的事。一年當中，地球離太陽最遠的一日，是不是也是影子顏色最淡的一天。

2. 草木

香茅是一種草本植物。香茅可以驅蚊，防蟲。但香茅油卻可以吸引蜜蜂，幫助周遭植物授粉。它被用在人體身上，消毒、殺菌、抑制黴菌、鎮定神經。它也保護書寫的生命，東南亞以貝葉為紙的書寫者們，將它塗在棕櫚葉製成的文字載體上，防止字跡受潮漶漫，訊息流失湮漫。

東印度公司在爪哇建立據點後，香茅成了全球流通的貨物。那之後，曾經鎖國、只在出島與荷蘭東印度公司做生意的日本，也開始轉型成一個殖民帝國，開始仿效歐洲國家從殖民地取得經濟資源，餵養現代化的國家機器。日本人把香茅從爪哇移植到台灣試種，得到的結果還不錯。台灣的土壤接受這外來的種籽，育養它，使它成熟，散發它那驅蚊、殺菌、招蜂、幫助授粉的香氣。

但還有更大的世變在運轉這個世界，超出人的算計。一九四五年日本人從台灣離去，一九五一年荷蘭人離開了爪哇。香茅留在台灣，台灣進入了香茅的世界市場，香茅油產量在一九六〇年代達到高峰，補上了爪哇的空缺，得到了一個世界第一。直到人工合成的香茅油發明，化學式從這植物身上拿走了一大塊市場。

冬至後一天，餐桌上出現檸檬香茅烤雞。

首先是在廚房，看到醃好待烤的雞，渾身黏附切碎的綠色香草，散發出辨識度極高的氣味。清爽，具穿透力，切穿瀰漫蕪雜的感受，直接打開一條往鼻腔深處的通道。像個休止符，被放進漶漫無意識的思緒裡，給那茫茫漠漠但浩蕩難以抵禦的過去未來之流一個微小、但爽利的停頓。就在這裡，你聞到了嗎？香茅的氣味，清楚，好聞。乾淨的味道。

第一次從烤箱拿出來的烤雞，一半的表面已呈金黃色，翻面再烤。上桌時，香茅獨特的香氣獲得了轉化，和雞肉融成一個新的味道。不再是那麼穿透的、獨自明顯的、單音的香氣。而是作為烤雞的一部分，一組和絃裡溫暖的音色。

主人切開烤雞。皮酥肉爛一如預想。餐盤裡香草細碎，油光淋漓，骨肉間躺著一片月桂葉。

月桂葉通常是不吃的。它的纖維比較堅硬，不好咀嚼，烹調取其香氣，不取其口感。新鮮的月桂葉氣味不甚明顯。採收曬乾之後，隨著水分從它身上離開，這小小的葉片才漸漸釋放出它強烈的一面。

因為是不能吃的，月桂葉通常是一整片放進食物裡，吃的時候挑出來。想要讓它的氣味更強，你必須切碎月桂葉，只是吃的時候要挑也會很麻煩。它是木本的，帶著與生俱來的纖維硬度，摧殘它破壞掉它的理路，它才把本色顯露出來，進入你的系統，為你所用，成為你讚賞的味道。它像不世出的武功高手，練一種筋脈盡斷的功夫，傷入六腑而出，成為江湖各大門派不知如何評價的人物。

3. 太陽

冬至後第二日，晴。

前一天我住進位在高架橋邊的飯店，睡了一夜，起床後到五樓餐廳吃早餐。飯店隔壁是佛學講堂。窗正對著講堂中式建築的飛簷。上午九時的太陽，以它現在與地球的距離，溫和而不暴烈，可以直視。屋脊上仙人沿飛簷翹起的角度排列，有如正要走向空中。

舒服的天氣。光線很好。

我忽然想起夢枕貘原著、岡野玲子漫畫的《陰陽師》。安倍晴明與白比丘尼在宮中鬥法，比賽「射覆」——猜匣下掩蓋著什麼物事。出題的大概是天皇，還是哪個高階王公貴族。安倍晴明用易經占卜，線索指向一個「子」字，卻是非時之子，不該在此時出現的。其中隱隱作痛著晴明身世之傷，傳說他是狐狸的孩子；或者，眼前這據說已活了數百年、容顏卻青春不老的白比丘尼，其實是他的生母？貴族們等待鬥法雙方答題時，竊笑談論著八卦，射覆不過是娛樂。

十二干支中的「子」，也是十二生肖中的「鼠」，莫非匣中匿藏著一窩剛出生的小老鼠？是誰在暗中干預，抽換答案？你該回答第一念的謎底，還是隨機進轉、回答此一刻它已經被修改的形狀？

猜忌與自疑層層疊疊，過去和未來混亂了時間，安倍晴明輸了比賽。白比丘尼現出惡相，預告她將歸來，取她應得的戰利品。那些宮廷貴人，此前坐觀鬥法，圖個熱鬧，這時才知道驚憂，趕快站回晴明這一邊。只是，輸了鬥法的安倍晴明，還能保住他們的平安嗎？他給平安城設下的結界，擋不擋得住這預告於未來的災異？

看見太陽時，我忽然想起看過的漫畫裡安倍晴明這一段。

《陰陽師》的前五集是可以拍成大眾通俗劇集的題材。後五集卻很艱澀，用了大量天文學、神話學的典故。一兩年前讀過，現在只記得大概。也許記錯了。但這就是我此一刻被眼前太陽光提示與記憶的唯一劇情。

子是老鼠。老鼠多子。

將月桂葉散放在小儲物間中，可以驅逐老鼠。

生命的、與壓抑生命的力量。自然界中與生俱來而兩者並有。

子也是一天當中的第一個時辰。夜到了最深的時候，開始向天明回返。我們已經在地球背向太陽的極端面，又要朝向太陽轉去。白比丘尼依時前來。晴明已經做好他能做的一切準備。有那麼一瞬間，事物的走向似乎便繫乎他心中的信念。是戰是和？是樂觀還是絕望？相信還是懷疑？開門，還是鎖上？

愛恨的歧路，信念的坦途。兩週前我寫下這組句子。但現在的我還比當時更相信這組句子。會不會晴明也是，當他為平安城規劃奠基，他也還不知道會發生什麼。一切作為都有未知的一面。事物能否長久，在於能否接納未知。這故事中的平安城，可以是任何一座城。可以是心城。

白比丘尼在城外叫陣。她來了。天現惡兆，一切似乎都指向最腥風血雨的結局。隨著她走入城中，善的信念似乎漸漸醒轉，瀰漫開來。惡相消失，善相顯現。我寧願想像這並非是晴明一人的法力。或許有更大的力量，決定此時此地該有一城留下。或是更小的——城中那些平凡、身無法力的居民，但願有一安居棲身之地的悲願。當白比丘尼來到城的最內圍時，已然化身度母，獻上滿穗的稻實，大自然的種子，年年豐饒的祝福，永續不斷的生命。

詛咒走完了它的演化，化成了祝福。在大圓滿裡，非常終究是常，非時亦是四時。擴大了對常態的理解，容納了異端的祝福。埋下四境的界樁，一個城市得以奠基，一個國度開始寫下它居民的歷史。

第二個月

1. 大霾

大寒過後，有霾。始自一個星期六，城市忽然變成了灰色，稍遠距離外的建築物輪廓便看不清。穿上厚大衣出門，獨自像走在舊照片裡，遭遇的景物都是粗顆粒的。

那之前的兩週，天氣雖冷，卻基本晴朗。北方的天空很藍，城市供暖的廠房長煙囪釋放出白色團團的煙，容易誤認為雲。這是個自行造雲的城市。藍天沒有邊界，白雲不斷湧現。

然後忽然就陰霾了。

有霾的日子，使我想起一直以來有過的，不準確的作為。每一次耽溺地躲藏在人我的身後；拒絕把一句話發音得斬釘截鐵；用上太多的修飾語；掩蓋著自己的好惡，彷彿不具備好惡的權利。有誰用冰冷的剪子裁切過你，要把你剪成標準規範的形狀，那以後你便一直無法從那冰冷的金屬感裡醒來。彷彿矮化自己、偽裝幼稚的夢境會足以保護你。刑戮的季節是秋天。「夫秋，刑官也，於時為陰；又兵象也，於行為金。是謂天地之義氣，常以肅殺而為心。天之於物，春生秋實。故其在樂也，商聲主西方之音，夷則為七月之律。商，傷也，物既老而悲傷。夷，戮也，物過盛而當殺。」雖然知道，這都是自然循環的一部分，但受傷的記憶有時像球根般，藏身在意識細微處，活過了秋天，又捱過了冬天，延續到來年的春天、夏天，甚至更久遠之後。它會變成什麼顆粒般的存在，堅硬的、化不開的自我。偶爾，瀰漫開來，像空氣裡的塵霾。

霾的成因是逆溫層。在一般的情況，地表低處比高空的溫度高。熱空氣上騰，冷空氣下降，對流帶走了我們日日生活在地表形成的，汽車排放，工廠廢氣，廚房油煙，一聲咳嗽清出肺葉的氣體，置換成海上來的風。但在逆溫層出現的日子裡，空氣上暖下冷，地表空氣不上騰，煙塵在空氣中懸浮，如夢境滯留不去，童年拒絕結束，發生過的事一遍遍回放，說出口的話不斷以耳語回歸。

這灰霾色讓我聯想到娥蘇拉．勒瑰恩的《地海奇風》。英文原書名叫 *The Other Wind*，是來自另一個世界、忽然被感受到的風。那是死亡的彼岸。生者以為已經永遠送走了死者，用淚水傷別過失去的一切。但有一天卻發現死者還沒有真正的死去，他們停留在生與死的邊界，徘徊不去，無法再生為真實的生命，也無從結束這羈縻的狀態。生與死之間，出現了生不生死不死的夾層，永劫回歸。

這壞消息是由一名叫做赤楊的普通術士帶來的。他的專長是修補術。勒瑰恩的「地海」系列奇幻小說裡，有關於各種法術的描述。我喜歡她描述這些技藝的方式，她用一種柔軟的語言說它們，充滿了個人性——與使用法術者的經歷有關，和他在施術時的感受有關。

……他是修補師，能重組、復原物品至完好如初。無論是損壞的工具、折斷的刀刃或車軸，還是一只粉碎陶碗，他都能將碎片破塊重組，不留一絲瑕疵、縫痕或缺損。因此師傅派赤楊在島上四處搜尋修補咒文，他多半從女巫那兒得來，靠自學研讀咒文，習得修復之術。

「對我而言，是份喜悅。」赤楊說，臉上浮現微笑的虛影。「解開咒文，有時還發現該如何使用某個真詞以完成工作……重新組合一個木片都從鐵錮上脫落的木桶……看見木桶再度完整、回復應有圓弧、底座穩固，等待酒漿傾入，都讓我倍感滿足……」

我喜歡這段文字。它提醒我一種關於知與術的謙卑。擁有這知與術的人，與物質的世界間，有一種彷彿對話般、而非宰制的關係。娥蘇拉．勒瑰恩自言受老子《道德經》影響。我想確實如此。但這充滿溫度的描述，是她加入了自己的感受與理解。就像赤楊，在物質的世界裡找到令他喜悅的語言。比起《哈利波特》裡那些絕對的術語，「地海」系列顯得柔軟而小。哈利波特的世界是全球化的，講述的方式是父性的普照。

「地海」系列則是地方性的，有種母系的溫暖。在地海世界的港口、城市、平原丘谷中，隱藏著沒被講述的故事，但絲毫不減其有效性。《地海奇風》出版於二〇〇一年，距離一九九〇年勒瑰恩發表「地海」系列的前一部長篇《地海孤雛》已經有超過十年的時間。那時，《哈利波特》也已經出版了四集。

我有時想像，此刻我正在使用來寫作的文字，也是這世間整體質量之一種。有人說了陽性的語言，便有人要發出陰性的聲音。即使是未曾謀面的兩人。畢竟我們寫出來的文字，現在幾乎都被網絡串連在一起了。勒瑰恩說她在完成《地海孤雛》時，以為是這系列的終章，實則不然。勒瑰恩創造出來的「地海」

世界，還有更多謎題，不請自來地要她解答，要她進一步想像。其中之一便是有關死後的世界。《地海奇風》出版時，勒瑰恩已經七十二歲。是什麼讓她感受把故事說下去的需要？

《地海奇風》裡，帶來死後世界騷動消息的術士赤楊，他的妻子死於難產。孩子拒絕脫離母體被生出來。拒絕分離，導致了死亡。

2. 火候

我們有過許多漫長懷胎的故事。釋迦牟尼佛的獨生子羅睺羅，處母胎六年。羅睺羅的名字意為「覆障」或「障月」，後來加入僧團修行成就，被稱為「密行第一」。哪吒在母胎三年零六個月，出生時是一顆巨大的肉球，父親李靖揮劍斬去，切開肉球，跳出一個孩子，與生俱來戴乾坤圈穿混天綾。

像電影《一代宗師》裡趙本山演的角色，漫長地燉著一鍋蛇羹，嚐了嚐，說：「還不到火候。」

他師弟宮寶森淡淡揭露：你離開東北那年是一九〇五年，乙巳蛇年。

趙本山的角色在電影裡沒有被稱名。張大春〈丁連山生死流亡〉裡寫的丁連山，應該是這角色的原型，但畢竟是戲，戲裡沒交代，這兒也不好就幫劇中人取名為丁連山。不論如何，此人自稱是日本人統治下容不下的一隻鬼，避藏於市。是與從無敗績的宮寶森互為表裡的人物。張震演的一線天也屬「裡子」角色。一線天的八極拳多狠呀，要離開組織都得打著出去。片首片尾各一場雨中打鬥戲，片首葉問，片尾一線天。葉問的乾乾淨淨，一線天的血肉模糊。高人有許多，路各不同。

當宮寶森由北之南來到廣東，引退前要邀一南方高手較量武學，趙本山勸：和晚輩掄胳膊蹬腿的事，還是別幹了。宮寶森答，我不是想當英雄，而是想造時勢。

宮老爺子造時勢的做法，是和葉問建立了一段比武因緣。請葉問分他手中的一塊餅。

「拳有南北，國有南北嗎？」宮老爺子問葉問。

葉問說：「這塊餅，在你眼中是一個武林，對我是一個世界。」

時勢或可造，或不必造。在宮寶森，他以武林為己任，他推動武林的事。而在葉問，他見武林之外還有世界，一個世界才是一個完整的餅。牽動武林的或許不是武林內一人一事所造之勢，而是外來的世變。言既至此，宮寶森認敗，一餅應勢而分。葉問勝。

即使勝了，也避不開、得走一趟人生的冬天。

起了的因，要到什麼天時，什麼地利，與什麼人和之時，故事才算完整、圓滿？在蛇年遠走他鄉的趙本山，要待到何時，他的蛇羹火候才會到？到了又如何，將自己從守候的命運中釋走，或是看到光明的前路，感到安慰也就足夠？

無論如何，都不是小我規模的事。只是凡人情愛，難免牽扯，有動於心，搖曳精神，就成了千刀萬剮的磨難。那卻不是說不想便可以不想的。戲中宮二最後的遺憾，是見過自己，見過天地，可惜未能見眾生。她至死留戀過去，或者說，眷戀過去致死。能活過那個時代的高人，眼裡不只有自己，時間不只朝著回憶。葉問似乎看得透一些，是天性恬淡使然，也是以世界為一餅的眼界吧。

宮寶森師兄弟問答的另一句話：蛇羹，那不是冬天的菜嗎？

那之後不久，戰爭爆發，葉問的人生進入冬天，中國的國運進入冬天，許多在動亂中流離失所的人人生進入冬天。一道冬天的補湯，經年累月的熬，以時代為火候，保文化命脈超越一代人的厄運，把燈火往下傳。存亡所繫，火候必須嚴格。為待時日，有裡有面，恩仇不問。世變之前，這群人都將自己交出去了。做國族命運的執行者，在時間到了的時候，擔負起自己的角色。是造時勢，也是時勢所造。所謂「一代宗師」，也就是許多角色之其一。一線天，可以是角色之二。看白玫瑰理髮廳那殺氣騰騰的開業合影，忽然想起小時候（還是反共復國年代）看過的一種綜藝節目喜劇橋段，理髮學徒拿西瓜當人頭，練習剃刀上的功夫，聽見師傅喊他休息，就把刀往西瓜上一插。日久成習慣，客人來剃頭，他剃著剃著忘了，也把剃刀往客人頭上一插。這黑色的笑點，說不定是有根據的，在一個白玫瑰理髮廳那樣的地方，是個像小瀋陽那樣的人。市井之地，臥虎藏龍，又豈只在金樓。自然，這些只是看戲者言。

第三個月

1. 風

我想寫一篇關於風的文章。有那麼多人寫過風，許多是古人。風似乎是某種神祕的事物，又似乎不是，而只是空氣的對流。世間的事物，往往既可以用神祕、不可知的方式來寓解，也可以拿物質、科學的定律作道理，彷彿什麼都有根據，都不為奇。

當傾向神祕的說法時，你也曾覺得可怖，因為無從知曉，是什麼在操弄、經營著人無法控制的結局。法則越開放，越教你驚慌。或是，你也曾經選擇不下判斷。那時，存在便有了更接近詩的可能。當物的邊界柔軟，像陶土般帶著孔穴透氣，既盛載，也滲透。即使氣息微微，物與物交接的邊界彷彿就有語言。

經常在夜裡從戶外走進屋內時，你感到非常疲倦。外頭太冷了，冬天還沒有真正過去，走在路上，你把體力都用在抵抗低溫，到了家還緩不過來。在黑暗的房間裡你靜靜坐著一會，才感到身體裡溫熱開始升起。溫度也是一種語言，細碎地響起，在肩胛，脊背，腹部深處，此處彼處，緩緩發生。

過往你會追求更顯著、鮮烈的語言。室外忽然而作的大風，就能把你的注意力引到外間。正是那忽然之勢，令你惦念。那時你住在台北市區低樓層的公寓，樓高大約齊平樹頂。每當起風，樹聲就湧進屋裡。

現在，你住在高樓層，風聲就聽不見了。但你會看見城市上空光的變化。早晨，太陽從東方升起，周遭大樓玻璃帷幕、金屬結構，都用朝東的一面參與這輝煌的時刻，把朝西的半邊留在影子裡。你看得見這每一天光和影子的輪替。你很容易判斷這一天日照是否晴朗，但聽不見這城市是否起風。

或許你低估了這兩種居處的差異。你會說你在城市之間遷居，卻忽略四樓到二十樓的差距。你不只是水平面的、也是高度的移民。現在你的聽覺裡，沒有小時候聽慣了的：風在樹間的聲音、巷子裡誰正騎車經過、郵差喊人的聲音……。

曾經有一段時期，高樓住所的寂靜像真空包圍著你。

直到你可以聽見別種語言。

直到你感到周身細胞都是孔隙。溫度，氣味，酸楚，病弱的設想，時間的預感。孔隙透露著裡外低迴說話的聲音。敞開來接納，沉下去傾聽。

那些或許也是風。你身內的風。

2. 土星

痛苦是忽然就來的。週末的下午，高樓外陽光尚可，風的聲音仍是聽不見的。忽然就覺得痛，想起過去做得不對、不好的事，還沒看見未來改變的辦法。幾乎是生理性的，腹部忽然堅硬緊縮。我尋思，在給痛苦找理由。會是昨天朋友在臉書轉發說的土星逆行嗎？土星是與業力有關的星座，宿時無法脫離的怪力迴圈，時間一到就返還來困擾你的種種。

念頭剛出現，警覺地喊停。痛苦只是痛苦，澈底痛完，沒有解釋。寧願這樣。

以下是一些讀來的故事。

佛教五百羅漢，一說是佛陀說法時，從空中飛過的五百隻大雁。因有在空中聽聞佛陀說法的因緣，轉世為人，成為五百羅漢。將在佛涅槃後，末法之世，常留世間渡化眾生。

佛經中有妙幢菩薩，聽聞佛陀講說妙法後，回到住處，「於夜夢中。見大金鼓。光明晃耀。猶如日輪。於此光中。得見十方無量諸佛。於寶樹下坐琉璃座。無量百千大眾圍繞而為說法。見一婆羅門。桴擊金鼓。出大音聲。聲中演說微妙伽他明懺悔法。」（《金光明最勝王經．夢見金鼓懺悔品第四》）菩薩夢中的金色大鼓，鼓聲遍及三千大千世界，滅除無量無邊痛苦。

佛經裡，種種聲音，種種光明。《佛說阿彌陀經》：「彼國常有種種奇妙雜色之鳥，白鶴、孔雀、鸚鵡、舍利、迦陵頻伽、共命之鳥。是諸眾鳥，晝夜六時，出和雅音，其音演暢五根、五力、七菩提分、八聖道分，如是等法。其土眾生，聞是音已，皆悉念佛、念法、念僧。」

妙光明，妙聲音，令我心生嚮往。

宮部美幸的小說《樂園》，描寫一名有特異功能、早逝的少年。少年似乎有另一種視覺，能看見他人腦中記憶的畫面，因此死後還被捲入命案的調查。似乎在少年的腦中，那些畫面不請自來，有的蘊藏巨大的、他人的痛苦。或許是一些被壓抑、等待被釋放的過往，罪行與恐懼，有人默默希望著誰能來扭轉事情走向的心願。少年無法旁觀他人的痛苦，因為這些痛苦就在他的腦中，他必須畫出來。少年在小說開場時，已經死了。是他的母親想要解答他這些畫面的祕密。

但隨著小說展開，有特異功能的似乎不只是少年。少年的母親、外祖母，也都有靈視的能力。他們當中，有人選擇說出恐嚇性的預言，有人順著自己的性情與能力，給與事物溫暖的解釋。故事裡的人，面對這些近乎怪力亂神的事件，有人沉默地順從，有人抱定嗤之以鼻的懷疑態度，有人善用詞彙組織彷彿合理的解釋。但沒人能給予真相百分百的拍板定案。

最終是每個人相信、或者不信的選擇。小說的主角前田滋子，即使心裡一直懷疑「或許少年真的看見別人看不見的畫面」，卻不敢對自己、更不敢對他人大聲承認。有一幕場景是她在律師的逼問下，忽然就說出來了。對此，宮部美幸寫道：跨越了那條線。那條線，我猜，大概很像電影《王者之聲》裡，口吃的王子在即位前夕，被導師步步進逼：「為什麼我要聽你說話」，盛怒中王子衝口說出：「因為我有聲音要說！」不因為他是王子，不因為他是英國王位的繼承人，有多少顯赫的祖先被畫成油畫掛在牆上。只因為有一個聲音，這聲音湧現自他內裡，要求被說出來，再也壓抑不住。

王子說出他內心的聲音，導師理解了他。前田滋子對律師說完特異功能，被律師掛了電話。心裡的聲音是必須說的，別人的反應卻是不可控的。這就是多元化的社會啊。

在寫這些的時候，痛苦的感覺逐漸離去。也許是注意力轉移了，從堅硬的自我裡抽拔出來。也許是別的緣故，比如仍然是土星的位置所致？我不知道。在這一刻即使再去傾聽心裡的聲音，我也只能說，我不知道。我不知道痛苦焦慮還會不會來，下次會不會這樣輕易地放過我去。我也不知道心理學家會怎麼解釋。這一天是農曆正月，已過了雨水的節氣。我看了看日子。想日子也就像風。痛苦的時間，平靜的時間，像風，忽然就來，忽然又去。我追究不了它們。想到這裡，我開始整理我的房間。

梅花山

1. 春雪

聽說一場大雪的預感早已流傳在眾手機屏幕之間。聽說氣溫將會急降而後急升在春分來臨之前。我沒有查天氣預報的習慣，等於放逐在大家默認的季節流言之外。穿著風衣出門，走入一街著羽絨服的人群裡。

但我已經不那麼怕冷了。比較適應北京的天氣，都沒察覺屋裡停止了供暖。三月初，新聞說今年暖得早，可能會提早停止供暖。就在有關單位做出決定後，又下了這場雪。差不多就像我們在台灣，縣市政府才說放颱風假，忽然就風平浪靜了一樣。

大雪來時是夜裡，第二天醒來又風和日麗。院子裡雪積得很厚，昨晚不知是怎麼樣一場雪的景況。現在厚積的白雪在陽光下晶瑩閃光，整個城市在發亮。

春雪的日子有種歡快的氣氛。路上出門上班的行人，邊走邊用手機在拍照。拍那些發亮的行道樹。冬雪的日子人們走路看地，怕冷，也怕滑。春雪時人們走路看天，看陽光，看枝椏。樹上本來已經發了春芽，現在又被雪蓋上，樹形也就和冬景不同，更像細密的剪紙花。布滿剪紙花的城市，有種玩具屋的感覺。走在玩具屋裡，便起了玩心，一路上看到路人臉上都是笑的。

這一天我感覺，生活的玩具屋正在變得真實。許多懸而未決的事物，茫昧閃躲的猜想，都到了被驗證，被實踐的時候。冬天，人們還可以借他人的善意、共同的脆弱取暖，互相鼓勵，說些未來會更好的話。但春天不是那樣的季節。獸類到了春季，得離開冬眠的巢穴，眨眨眼睛適應外頭的陽光。那時，漫長的隆冬才會真的離去。

接觸陽光的一剎，獸醒來了。牠身上的細胞都在呼喊、在充滿，飢渴地擴大，向四面八方撐出層次感。獸開始奔跑，因為季節，也因為基因裡預藏的符碼。如果這個獸是一隻人類，那符碼就接近我們說的命運。

「洋蔥是有層次的，妖怪也是。」史瑞克如是說。

曾經開口成讖。曾經有人說你對他的判斷影響了他的存在。後來就小心翼翼少開口，不願多下判斷了。就把層次壓縮了，縮到否認其中有妖怪存在的空間。像這樣把自己熨平的念頭裡其實有怨。你對自己說：「這是不負責任的。」

於是在春分這一天你想，也該出來走走了。你體內的妖怪，你否認的存在。

你帶著妖怪去旅行。

2. 陵墓

旅館位在江邊，夾江匯進長江的河口，早春微雨天氣。房間面向長江，對岸景物全在霧裡，是水墨的顏色，極淡。周遭靜得彷彿可以聽見一根蘆葦的心事。但其實能被聽見的也都是自己的心事。這是我第一次到南京，第一次看見長江。

我喜歡這景色。主觀上希望可以一直站在這裡，看著這段河面。但其實我只看了十分鐘。十分鐘不到就又拿起小說來讀。這趟旅途裡我讀帕慕克的《雪》。但一直到旅程結束，我沒有讀完。

酒店房間露台上，濕濕的欄杆，有前人刻劃留字：「利益使然，真鬱悶。」不知是個什麼人，受了什麼悶氣。電視劇《康熙王朝》裡有這一幕，皇帝康熙與名臣張廷玉初次相見，是在萬里長城上。皇帝看到城牆滿是文人登高遠望、放言理想的題詩，其中署名張廷玉的一首，被人抹去了兩句。皇帝著人把張廷玉叫來一問，那失落的兩句詩是：「萬里長城萬里空，百世英雄百世夢」。

歷史上的張廷玉確有這兩句詩。這相見情景卻大約是戲劇的創作。這段創作挺妙。一壁的詩都想說「有」，卻是在討好皇帝上落了個空。這兩句詩說

「空」，也真的被人抹去，留了空白，卻反而引起皇帝注意，得了個「有」。這是十二年前拍的電視劇了，現在看還是覺得拍得很好，人物角色塑造很有味道。斯琴高娃演的孝莊太皇太后，飽經世情，生命力頑強，真是史上第一師奶。

次日招車去中山陵，司機說這時去正好，梅花開了，且今天下雨，遊客少些。

一個多小時後，我在山裡，覺得他說的沒錯。這是一座安靜的山，適合安靜地走。這座江邊城市的雨和霧，給了山安靜的掩護。或許幾百年來，都是如此。陵墓道上的古樹，形狀如傘蓋一般。後方隱約透出孝陵圍牆的朱紅色。我打著傘慢慢走，抵抗著每過半小時就瞥一眼手機屏幕，看微信訊息的習慣。想說服自己哪裡也不要急著去，和誰也不必有聯繫。時間在此，應被厚葬。

明孝陵是朱元璋和馬皇后埋骨處。康熙在此題字「治隆唐宋」。書法是康熙的字，立碑的是曹雪芹的祖父曹寅，當年的江寧織造。

我沿著孝陵的圍牆走了一圈，走了一身汗。剛開始走時，步履不穩，覺得彷彿身上骨架都是歪的，一腳高一腳低地走。究竟終日都在什麼紅塵俗事裡泡著，把自己搞成這樣傾斜。或是這座山的魔力所致，它把人籠罩在煙氣雨水之中，被這裡的空氣漂洗，才會注意到原來的日子過得不均衡。或其實也不是漂洗，而是染上另一種顏色——或許活在世間，就沒有澈底漂洗乾淨的時候，只有經歷一種顏色、再一種顏色；這一刻認定為「我」的色澤，這個相對清閒的感覺，也是一時之染。用不了多久，上班日的時間感又會回來，牠會像一隻嗅覺靈敏的獸，找到我身上容易著急的那個層次，和裡面的妖怪交頭接耳，拱著它，把它從這一刻的安靜裡叫醒過來。

妖怪被喚醒的時間，發生在次日的午後。我收拾好行李，訂了車，準備往機場。還有四十分鐘，我到樓下餐廳吃午飯，點了酸辣湯，點了炒蝦仁和米飯。就在等候上菜的時候，有限的感覺升起，襲來。屬於我一個人的南京行就快結束，稍晚便會見到熟人，恐怕又要被驅使說出些禮貌但俗套的話。我但願可以不要說那些多餘的話，繼續一個人安安靜靜的。但即使如此，明天上班也會有工作上的交往。我畢竟活在世間。

當有限的感覺浮現，時間便失去了它的厚實。因為覺得明天的時間沒什麼意思，便幾乎連眼前這四十分鐘都要失去，淪陷給心煩意亂。這時服務生把一籃麵包放在我桌上，放在金屬籃子裡，用白色餐巾布包裹著的，新鮮熱騰的麵包。然後她又擱下了一個裝著奶油的小碟子。

我忽然想起瑞蒙．卡佛的小說〈一件很小、很美的事〉。

於是接下來的時間，我告訴自己，什麼也不要想。只是好好地吃這些麵包。我嚐到澱粉在口腔裡與唾液相遇，微甜的感覺，吃到酵母菌發酵膨脹出的柔軟而粗糙的空洞，我咬下像餅乾一樣略硬的麵包棒。我慢慢地吃，慢慢咀嚼，不去想一個小時後會碰到的人，明天上班要做的事。我回到像在陵墓山裡的時間感。我度過此行在南京最後安靜的四十分鐘。我告訴自己，明天我仍然可以擁有這麼安靜的時間。後天也是。大後天也是。

趙子龍

1. 救援

當趙子龍懷裡抱著嬰孩從長坂坡殺下，像一支剪刀剪開了敵方的人陣，這割裂的速度與方向驚動了在遠方瞭望的曹操。曹操問那是何許人，趙子龍懷著幼主絕塵而去，那是野史傳奇的世界裡一個傳奇的畫面。我從小愛這個故事，早在當年我還讀的是少年文庫注音版《三國演義》的時候。我不喜歡迪士尼公主，我喜歡趙子龍。策馬衝撞生死疆界，把一個孩子從亂軍之中死亡逼臨之境，帶到他父親身邊安全之地的畫面感，力道遠大過灰姑娘舞會裡悶煞人的旋轉。

不知這一切是否對性別認知造成過影響，但又有什麼辦法呢，幾乎所有我們當時能接觸到的讀物，英雄都是男身。另一個我喜歡的人物是成吉思汗鐵木真，也是個策馬的傢伙。我從沒想過，這些書中偶像是否殺伐之氣太重對一個女孩而言。但如今想起來，趙子龍和鐵木真又不太一樣。他是個不一樣的英雄，他沒有那麼大的帝國。他也不像三國裡的其他人如劉關張，有比較多戰場外的戲份。他在戰場之外的形象很模糊，出場時幾乎都是緊張的決戰時刻，甚至是危局。千鈞一髮中趙雲忽然關鍵性地殺出，情勢為之一變。

趙子龍在《三國演義》中的第一次出場，是作為公孫瓚的部下。白馬將軍公孫瓚和袁紹發生軍事衝突，袁紹的大將文醜殺入公孫軍陣中，公孫瓚本人被打得丟盔落馬，滾下山坡，性命垂危之際，忽有一騎人馬從旁切入，硬是擋下文醜，救了公孫瓚性命。這人就是趙子龍。

那時趙雲還是個名不見經傳的人物。感謝救命之恩的同時，也拔擢他當軍官，安排他統領一支兵馬，繼續在第二天的戰局裡效命。不過畢竟是新來的，在排陣形時，就把趙雲排在後軍。公孫軍的陣形漂亮，帥旗在風裡獵獵作響十分顯眼。顏良文醜設下埋伏引公孫瓚深入，鞠義衝上前來砍倒帥旗，公孫軍立刻陣腳大亂。混亂之中又是趙雲單騎快馬趕來護主，刺死鞠義。這一下穩住陣腳，公孫軍反轉情勢，拿下一勝。

在公孫瓚身邊立下這兩次擎天保駕之功，但彷彿趙雲也就不欠公孫瓚什麼了。後來他遇見劉備，感覺他和劉備之間是立即就有了默契，決定這是他想跟的人。加入劉備軍不久，就有長坂坡救阿斗的戰績。那又是一次救人的逆襲，也是趙雲最出名的一戰。

這幾次危機中的出場，給人一種印象：這是個擅長救援的戰將。他統領的兵馬不必多，但總是快。目標明確，救人便走，不戀多餘的戰。入則如入無人之境，出則全身而出。

為什麼會想到說這些？這幾天，我開始想起我小時候心目中的英雄。但那時我知道的只是少年文庫注音版裡的趙雲。一個簡單鮮明的救人者。有一點遭人誤會的悲劇性（他在逆勢衝入敵陣救阿斗的路上，被誤會為投敵去了），更多些不瞻前顧後的勇敢果決。心念一動就出手了，沒有拖泥帶水的空間。因為是救人，這決絕並不讓人感覺是任性妄為。

或許複習小時候的英雄，也是成長變化的一部分吧。決定他繼續是你的英雄，或是承認自己小時候很傻很膚淺。也有第三種可能，你變了但英雄也變了，在你的認識裡默默地轉變，彷彿他和你一起長大了。你還是認他為英雄，但理由和小時候完全不同。他和你一起變化了模樣。

2. 善後

我對趙雲的重新想像，從他離開公孫瓚的理由開始。

公孫瓚是個極修邊幅的人，沒落的貴族出身，外表好看。但在趙雲救援了公孫瓚兩場戰役後，他或許發現，公孫瓚的白馬部隊、紅底金字的帥旗，好像並不實用。

不是說，軍隊的外表威嚴沒有用。聽說當年公孫瓚守遼西，烏桓族人吃過敗仗，從此記得了白馬將軍的厲害。白馬成了一個符號，足以嚇退烏桓人。但倘若實力不足以在一開始樹立這符號，恫嚇便屬無稽，接下來死的是誰就不知道了。帥旗本來應該是震懾對方用的，結果反而暴露主帥的位置，旗子一倒又滅自己士氣。趙雲開始覺得，公孫瓚執著於這些形式的美，有一天會害死自己。即使，他也喜歡白馬，也喜歡看旗幟在風中獵獵地翻飛。但為了在戰場上活命，帶著自己的人馬活命，有一天這些都得拋棄。不，不是有一天。是在現在，這一秒鐘，立刻判斷：什麼是重要的，什麼不是。不重要的事物，絕不能讓它在戰場上絆住自己。

後來趙雲聽說公孫瓚兵敗，縊死妻女姊妹後點火自焚。他不意外，這一切符合他預見的公孫瓚的死法，這一切十分公孫瓚。寧願自焚而死，不願落於敵手，有一種潔癖的美，屬於白馬將軍的潔癖。他沒有從自己創造的符號裡脫身。

但戰場不是個清潔的地方。公孫瓚身上的火焰還沒熄滅，敵軍便一擁而上，砍下他的首級。那並不是基於讓公孫瓚解脫的願望，只是為了陣前爭功搶得敵帥首級。公孫瓚滾燙的頭顱被幾個士兵拋來搶去，黑血從嘴、耳朵、斷掉的脖子切口湧出，皮肉發出難聞的焦味，非常不美。

非常不美。這些，他彷彿看見。在他虛構的記憶裡，知道會有這麼一種結局的選項。也許趙雲也曾一度猶豫了，他應該在記憶裡也扮演一個救援者嗎？他應該阻止自己去想到那些最壞的、最惡的可能，或是他該任由一切心象起落經過，因為惡也是世界眾多可能性的一部分、不知惡便不知善、不知死之悲便不知生之歡？他能同時救援現實與想像嗎，或者他只能二擇一，人一次只能在一個時態裡活？

這些不是趙子龍，是我懷疑過的事。

因為這些懷疑我想像了趙子龍，想像當他離開公孫瓚去奔劉備時，那是一個時間的分歧點。那時他知道了、或選擇了，對他而言虛幻的是什麼。他從那個虛幻的陣營脫出，從此不再救援它。將所有的力量投注在唯一的現實。這些真實的片刻，戰場上的血腥氣，塵土，耳邊響起的嚎哭，從頭頂掠過的箭矢，持槍痠疼的臂膀，懷裡嬰孩的溫度。另一個在歷史紀錄上浮現的趙雲形象，是低調謹慎而理性的。箕谷之役後諸葛亮問鄧芝，為什麼此役雖寡不敵眾，而仍能編制整齊地撤退。鄧芝答，因為是趙雲親自斷後的緣故。

小時候喜歡，書裡那個孤軍深入，破敵救援的趙雲。但少年文庫注音版《三國演義》不會寫到他的另一面：那個善於固守、撤軍斷後的趙將軍，那是少年文庫讀者還無法領會的價值。

他不只是搶救者，也是個照顧者、固守者。

然而這些也是符號。這個月夜結束以前，我也要輕身而過，從我創造的符號裡脫身。

仁獸解

1. 小孩

立夏過了，小滿也過了。有一天我睡足了十二個鐘頭。醒來時是週六。有飢餓感，但不到非吃東西不可的地步。於是又再昏睡。近中午時起來喝了水，煮了麵條，用橄欖油炒香蔥花撒上海鹽，拌入麵條裡吃。

這是我喜歡的味道，我可以一週好幾天都吃這麼簡單的食物。但這個早上，一邊吃著橄欖油拌麵，我忽然有種長年以來都沒有睡飽的感覺。天氣熱了。屋子朝南，冬天很暖；夏天還不知道，會不會太熱。我還沒在這個屋子裡度過夏天。這條街道，這整個城市的夏天，我都沒有經歷過。

放縱身體昏昏欲睡，放縱身體有些任性的念頭：在這樣一個早上，什麼都不做是可以的。正午陽光明亮，窗外柳絮紛飛。

節理說想回台灣檢查身體，但不想告訴爸媽。他說總覺得身體裡有東西。說不定會檢查出不好的結果。想自己先悄悄到醫院查了，看結果再做處置。

我直覺不信他真有什麼病。雖然他很瘦，經常一副無精打采的樣子。但他有種小孩般的天真感（有些同事會說是幼稚），讓我不太相信這人身上真會出什麼大事。我說：「是心理作用吧，你想太多了。」

但他說真的真的，他真的覺得這次會有事。但他也真的真的，不是個樂觀的傢伙。事情經他的口說出來，會比「實情」糟一些。不過這裡所說的實情，也就是我眼裡的實情罷了。好吧，我比他樂觀一點。或者我覺得自己需要樂觀些。因為我不太想去附和周遭常有的那些，偽裝為玩笑的、像是害怕顯得太在意，而率先自我貶值的說法。

那是默默在這世界流傳的，一種說話的方式。城市在這些話語裡，悄悄地精神分裂著。一邊是被廣告頻繁濫說的夢想，一邊是在每個瑣碎的瞬間平庸化自己，把自己貶為不足為道的小塵埃。

身體裡的東西……

「難道是小孩？」他開玩笑說。

應該要有人摸摸他的頭。這個小孩。

2. 麒麟

事物變得柔軟，念頭成了堅硬的東西。在意識與物質的邊界，胎息微微。

頤和園東門有一銅坐獸，朝東而坐。我從昆明湖往外走，繞過正殿，首先看到的是他的側面。頭上有鹿角，下巴長著山羊鬍子。底下貼著解說牌，這是麒麟。

麒麟是神獸、仁獸、瑞獸。在這些祥瑞的寓意中，或許有個孤獨的靈魂。因為他是四不像，不像牛，不像馬，不像鹿，不像狼。韓愈〈獲麟解〉：「然麟之為物，不蓄於家，不恆有於天下。其為形也不類，非若馬牛犬豕豺狼麋鹿然。」他不是家畜，他不常見。他不能被放進界門綱目科屬種的生物學分類系統裡。他自成一類。

無法歸類，便不可知。「角者吾知其為牛，鬣者吾知其為馬，犬豕豺狼麋鹿，吾知其為犬豕豺狼麋鹿。惟麟也，不可知。」既然不可知，無可類比，人類又如何能夠認定，這個陌生的生物會帶來祥瑞呢？

韓愈說，既然人類不認識他，要把他當成不祥的象徵，好像也可以。可是，麒麟每次出現，總是在聖人在世的時候。就算舉目無人識，自有認得他的聖人。既有聖人認他為祥瑞，那麼麒麟便是瑞獸，而不是不祥之獸。

哪怕普天之下，只有一人認得。

麒麟完整地活在一個認知的維度裡。不是全對，就是全錯。只要有一個意識。一個單一意識的高度與寬度，能形成將視他為瑞獸的理解。

「麟之所以為麟者，以德，不以形。」

聖人的意識，聖人之德，彷彿是一空間的通路。他的指認，定下這神獸的名諱。使他從不是、不像，無分類無歸屬茫昧無名之處走出來，完整毫不猶豫地現身於世。

一億人也無法取代的，一個聖人的認識。

麒麟是仁獸，意義或許也在這裡。

在一個是非界說分明，規矩條況嚴明的世界，對四不像、不成形事物的包容性是低的。聖人慈悲，故能超越功名利用去認知世界，認出這一無名之物，非獸之獸為麒麟。讓無可歸類的事物，獲得被溫柔對待的機會。

麒麟是仁獸，因須以仁慈之眼，方可看見。

3. 白龍

在宮崎駿的動畫《神隱少女》中，有一條白龍。那白龍因忘了自己的名字，而受魔法控制、驅策，經常必須為壞心的魔法婆婆去執行任務。我印象最深刻的一幕是，白龍飛在空中，被群鳥攻擊，似乎痛極而左右閃避。待幻術消失，白龍墮地，攻擊者不過是一地紙摺的白鳥。

《神隱少女》是我最喜歡的一部宮崎駿作品。裡面有很多想像力豐富的畫面。但現在回想起來，印象最深的就是這一幕。龍在天上受到攻擊而逃竄，那畫面的刺痛感十分鮮明。待落地時，那一地紙鳥看上去又十分無辜。若硬要說是誰的錯，是白龍忘了自己名字之過。忘了名字，便受惡婆婆指使，去善婆婆處偷盜。

如果麒麟沒有聖人指認，或許便是一頭，忘了名字的聖獸。在牛、馬、鹿、狼之中，尋找自己的定位而不可得，被當作牛馬鹿狼來驅策使用。

在電影裡，白龍因為自身的經驗，在他意識清明、不受驅策的時候，偶然保護了千尋，提醒她偷偷記下自己的名字不可忘記。但到了夜晚，當他進入被驅策、執行任務的模式時，便認不得千尋。他的記憶無法跨越日與夜，以黃昏為界，晨昏一換又是輪迴。後來，千尋回報了他，替他找回名字。千尋想起來，小時候家附近有過一條小河川，因為都市開發被掩埋了。白龍便是那條小川。

名字解開了咒語。白龍想起了自己是誰，便自由了。從這個角度看，千尋是白龍的聖人。而《神隱少女》也不只是在講河川保育，是有關一個世界從前現代向現代化過渡，發展的過程中，種種斷亡的記憶、迷失的力量。有時一個小孩擁有聯繫名字的力量，有時她記得大人忘記了的事。

4. 四方

一週前，我去了頤和園，從北門入。

入北宮門後，先過蘇州街。接下來，許多勝景，都以佛教文字命名。四大部洲、眾香界、善現寺、轉輪藏、無盡意軒……。許多塔與寺，分散建築在萬壽山上。那天風大，吹人欲倒，山岩陡峭處，幾乎是手腳並用地爬。四大部洲的白塔四角繫了風鈴，以疏落的節奏，不時傳來一下下脆響。

雖然有點危險，卻是十分爽快的大風。當時，在四大部洲的城頭上，眼望底下北京近郊的原野。大風襲來時，想起《紅樓夢》裡一干花樣少男少女以風為題，各自寫詩。人人皆作孤蓬之嘆，唯薛寶釵不肯跟著頹喪，翻轉新意，來了兩句勵志詩：「好風憑藉力，送我上青雲。」只是，賈寶玉終究喜歡葬花的黛玉，不愛詠風的寶釵。賈府大家族已經富貴兩世，到該散時，還得散去。從家族的角度是悲劇，賈寶玉是個敗家子。但換了曹雪芹的角度，對故事中諸般真假，幻境中的幻境，賈寶玉或許就是負著個「解散」的責任吧。大觀園內因緣消盡，散往四方。眼前有化為無，只見白茫茫大地真乾淨。

翻過萬壽山，沿石徑而下，便到昆明湖畔。這裡沒有西湖的熱鬧，要寧靜多了。方才山上的大風，到了平地湖畔，便不覺得危險，倒是很快意清涼。

沿湖一處碼頭，現在既不見畫舫，也沒有小舟。但有一座輝煌的牌樓「雲輝玉宇」，臨湖而建。舊時皇家遊湖，上船下船，或許就是在這牌樓處吧。皇帝和太后，從牌樓下堂皇地走過，到湖邊上船，又從湖中堂皇地上岸。皇家走的水路陸路交接之處，有這四字給下輝煌的定義。但如今不見船，不見皇帝的鑾駕排場，雲輝玉宇四字，彷彿朝向湖上的虛空煙波洞開。

這樣一路走到靠近東宮門，便看見了那隻銅鑄麒麟獸。麒麟前腿直立，身軀坐在後腿上，面朝東門。

我不知道當初乾隆修了這座園子後，他往來出入是走東門，還是別處宮門。這隻面朝東方的麒麟，是處在迎接他的方位，還是送他向東回到紫禁城去處理國事之位。也許兩者皆是。

這隻美麗的銅麒麟獸吸引了一些遊客的關注。我聽見旁邊有人在說：「為什麼放在這兒，不是放在北邊一開始進來的地方呢？」這有點觀光客本位了。誰說我們現在進來的北宮門，一定就是乾隆走的方向了？

在頤和園的最東方，牌樓正面寫著：「涵虛」。導覽中說，「涵虛」是頤和園的第一座建築。這麼說，它是從東邊開始建起的。

當帝王從紫禁城、帝國繁多的具體事務中抽身，來到頤和園這座輝煌的太虛幻境。它的東宮入口處，由一什麼都不是、四不像之獸鎮守。那是被稱作仁獸的麒麟。他的存在，無人可以證明；沒有客觀的法則，能加以考核。當聖人看見他，或許一時也難以對他人說明。但麒麟正是以他這幾乎是形而上的存在，來標示一個祥瑞時代的開始。因為，這世間哪怕只有一個聖人，一個堅定的意識成立，能超越事物的形狀與功利性，看見、認出這隻孤單的獸——他因不隸屬於世人眼中的種屬而容易自我懷疑——那便是，一個嶄新盛世的開始。

天宮不鬧

1. 好妖精

「你去乾坤四海問一問，我是歷代馳名第一妖！」

——《西遊記》裡的孫悟空

看到《西遊記》第十七回有孫悟空這番自白，不禁覺得實在太可愛了。這話發生在孫悟空改邪歸正，皈依佛門，護送唐僧上西土取經的旅程之始。剛出了大唐國界，遇黑風洞黑風王劫走錦斕袈裟。孫行者討上山去，與黑風王對陣時講出自己的來歷，如何大鬧三十三天，被如來佛收伏，五行山下壓了五百年，如今皈依正法取經去。但說到底，他對自己的妖精履歷，還是驕傲的。結尾兩句，亮出自豪本色：「我是歷代馳名第一妖！」真是妖得太可愛了。

無奈妖精界誰也不服誰。孫悟空自報家門完畢，敵人黑風怪立時踩他痛腳：「你原來是那個鬧天宮的弼馬溫嗎？」孫悟空最不爽的就是被喊弼馬溫，當年不就是嫌官小，才鬧到鬼憎神嫌的嗎？一時怒上心頭，雙方惡戰必不可免。只是馳名第一妖雖然武力強大，一時也還奈何不了黑風怪。黑風怪一下子要吃飯，一下子化作黑風溜走，屬於很會開溜的類型。孫悟空還有個肉體凡胎的師父要護持，可不比當年作齊天大聖時沒家累，一把無名火上來只管鬧。打了幾回無功而返，終究跑趟南海去請觀音菩薩來幫手。

接下來這段觀音菩薩助陣記，也很妙。孫行者敢撒潑，觀音菩薩在他面前也沒架子，任他拿主意，給他當助理。行者讓觀音菩薩變成黑風怪的妖精朋友凌虛子，他自己變作凌虛子準備送給黑風怪的一丸丹藥。觀音菩薩果然能變：

爾時菩薩乃以廣大慈悲，無邊法力，億萬化身，以心會意，以意會身，恍惚之間，變作凌虛仙子：

鶴鷺仙風颯，飄搖欲步虛。蒼顏松柏老，秀色古今無。去去還無住，如如自有殊。總來歸一法，只是隔邪軀。

孫悟空看了，嘴上還要討便宜：「妙啊！妙啊！是妖精菩薩，還是菩薩妖精？」菩薩笑著回答：「悟空，菩薩、妖精，總是一念；若論本來，皆屬無有。」行者心下頓悟，仍依原先的計謀，轉身變作一粒仙丹。

這一會，菩薩與行者的雙簧戲，降了妖魔。對照後來，也可看出孫悟空的變化。這時的孫悟空，還沒放下身為妖精的認同感。身而為妖，他已有千百年的履歷。身為行者，他才在旅途的起點。雖然在唐僧面前只能順從，離開師父由得他大逞威能毆打敵人時，他還是要亮出第一妖的自豪。待請來了菩薩，一回簡短的伏魔經歷，現場演示了妖是菩薩，菩薩是妖的同體大悲。收回了袈裟，孫悟空與唐僧繼續上路。

2. 好關係

就在我寫下以上這段話時（我坐在北京一處咖啡店裡，桌上放著三本線裝《西遊記》），服務生走過來問：「怎麼想到這時要看《西廂記》……」定睛一看，又忙改口：「……哎，看《西遊記》？以前沒看過嗎？」我回說，常常翻翻看看，感受不一樣。她說：「哎，對了，我聽朋友說，小時候看《西遊記》，只是看神話。長大後看，發現是講要搞好關係。」

孫悟空剛皈依之初，或許也覺得：之所以會被壓在山下遭罪，都是因為關係沒搞好吧。待到認真要跟唐僧搞好關係時，使勁賣力一見敵人都打死，反而讓唐僧猛念緊箍咒。我小時候讀前半本《西遊記》，都替孫悟空覺得超委屈的。就像當時總是認同哪吒，覺得他老爸李天王沒道理。真是要年紀大一點，才知道佛力超薦這「歷代馳名第一妖」的不易。看小說很可愛，現實生活遇上個愛鬧事，能力又強，黑道性格的主兒，你收收看。

觀音菩薩與悟空唱雙簧伏魔的結局是：菩薩用個緊箍套在黑風怪頭上，一念咒語怪物就疼得不行，滿地打滾。菩薩收伏了怪物，要帶回去守山。孫悟空笑道：「誠然是個救苦慈尊，一靈不損。若是老孫有這樣咒語，就念上他娘千遍！這回兒就有許多黑熊，都教他了帳！」其實他自己也是有個緊箍套在頭上的，唐僧一念他就不行，還想念別人的緊箍咒呢，真是妖精邏輯。此一念，或許正是菩薩與妖的分別。而此一會，或許也是日後妖成菩薩的因緣。

3. 好團結

於是讀《西遊記》到後來，才知原不必替孫悟空委屈。當唐僧一行登上佛土，在「凌雲渡」遇見接引佛化身的梢子，過了彼岸，在無底的船上看見一死屍順流而下，原來就是唐僧，從此「脫卻胎胞骨肉身，相親相愛是元神。今朝行滿方成佛，洗淨當年六六塵。」唐僧上了彼岸，醒悟之時，第一時間卻不是拜佛，而是轉過身來，謝謝他的三個徒弟。

莽撞凶惡的孫悟空，好吃懶做的豬八戒，不知變通的沙悟淨，一路與唐僧相隨，彼此扶持，而得正果。師徒一同經歷八十一劫難，同心同德貫徹始終後，回程便與去程不同了。在陳家莊遇故人挽留款待，唐僧不再一味隨順，與悟空商量好了夜間啟程，「八戒卻也知覺，沙僧盡自分明，白馬也能會意」。四人一馬，一體成形，如同一人。團結果然力量大。

八月鏡子

1. 多年以後

多年以後，重讀《百年孤寂》的第一個句子。邦迪亞上校的名字改成布恩迪亞了，因為這是另外一個譯本，簡體字，精裝，橫排。不是中學時讀的，志文出版社的鉛字印刷本。

「多年以後，面對行刑隊，奧雷里亞諾·布恩迪亞上校將會回想起父親帶他去見識冰塊的那個遙遠的下午。那時的馬孔多是一個二十多戶人家的村落，泥巴和蘆葦蓋成的房子沿河岸排開，湍急的河水清澈見底，河床裡卵石潔白光滑宛若史前巨蛋。世界新生伊始，許多事物還沒有名字，提到的時候尚需用手指指點點。」

可能從這第一個句子的影響開始，直到故事最後的結局——那文本破譯與小說人物最後在時間中的經歷疊合的過程，這本書似乎注定具有時間的魔力。許多次當我在別處遇見「多年以後面對行刑隊……」，這個經常被引用的名句，我也會想起多年以前，第一次讀《百年孤寂》的時候，那時我還是高中生，可能穿著夏季的校服，在耳膜被蟬叫鼓動的下午讀著這本人名又多又長以至於我常會忘記誰是誰的小說。我應該有許多考試需要準備，許多功課需要複習，但往往以閱讀為藉口違逆著這些應該，而放縱自己朝著小說虛構的情節投入太多激烈的情緒。對當時的我而言《百年孤寂》的悲傷與痛苦十分鮮烈。就像是第一次讀《生命中不能承受之輕》，第一次讀《挪威的森林》，甚至更小的時候，第一次讀伊・碧・懷特《夏綠蒂的網》。

「當馬孔多在《聖經》所載那種龍捲風的怒號中化作可怕的瓦礫與塵埃漩渦時，奧雷里亞諾為避免在熟知的事情上浪費時間又跳過十一頁，開始破譯他正在度過的這一刻，譯出的內容恰正是他當下的經歷，預言他正在破解羊皮卷的最後一頁，宛如他正在會言語的鏡中照影。他再次跳讀去尋索自己死亡的日期和情形，但沒等看到最後一行便已明白自己不會再走出這房間，因為可以預料這座鏡子之城——或蜃景之城——將在奧雷里亞諾・巴比倫全部譯出羊皮卷之時被颶風抹去，從世人記憶中根除，羊皮卷上所載一切自永遠至永遠不會再重複，因為注定經受百年孤獨的家族不會有第二次機會在大地上出現。」

這結局的段落，消失中的文字與蜃景之城，被引用的次數遠不及小說開篇那個魔法般的起始句，那無數次被引用而出現在我眼前的，行刑隊與冰塊，上校與新生沒有名字的世界。它們像一組括弧，共同構成我對這本小說最深刻的印象。燠熱的下午，我第一次讀完它而合上書頁時，有種無計可施無處可去的傷心，混雜著暑熱中的昏沉與無力。只不過，細究起來，這則記憶中關於季節的部分，我不能肯定。或許那燠熱感並不來自身體，而是來自小說中的馬孔多。它從故事滲透出來，讓閱讀中的我彷彿記得正困坐在一個悶熱的天裡。

而多年以後，真的是多年以後。即是在剛過去的這一個星期裡，我把小說從頭到尾重讀一次，發現它不如我記憶中那麼悲傷。這個發現是雙重的。它的另一個隱蔽的投影是：原來這本書一直在我心裡留著一個難以承受的餘味。長年儲存在我體內，或許在某一段神經裡。歷經時間到現在，那段神經才被緩緩展開，看見裡面的悲傷沒有那麼悲傷，痛苦沒有那麼痛苦。當初悲傷痛苦的，是自己對人生徒勞的預感和恐懼。

當奧雷里亞諾一面破譯著密碼，一面因感受到身外龍捲風這迫近的現實，而跳讀了幾頁去看結局……。倘若這真是個鏡像般的世界，則不論他跳讀或不跳讀，世界的消失與他的破譯都會是同步發生的。倘若他不跳讀，龍捲風也會慢下一點速度，沿著更多細節進行世界的解消。倘若他去閱讀每一行密碼每一個細節（而不是只挑出和自己有關的主線來讀），他既可無盡地延遲時間，但那時間的延遲也是毫無意義的。那會像是唐僧與孫行者一行往西天取經，去程貼地行走，歷經艱險，落入他該落入的每一個洞府、打死每一個他該打死的妖精；而在回程時候，脫卻凡胎這一整條道路都可從雲路走過。對唐僧與孫行者而言，這也是一種多年以後。

2. 對稱

我沒看過電影版的《雲圖》，但我喜歡小說。它被我帶著從台北，到上海，去哈爾濱參加小毓的婚禮。在被小毓的親戚用一頓頓盛情食物塞滿的、餐與餐之間的空檔裡，我在七天連鎖酒店的小房間裡讀《雲圖》讀到欲罷不能。中間有一天去了北方的阿城，乘出租車繞行這個北境之地，途經看似遺址的夯土台與牆，花上半天在博物館裡看這座由女真人建立的古城的歷史——這是從前的金朝上京之地。出租車司機說他是漢人，家族本來不在東北，是他的祖父帶著父親像電視劇《闖關東》演的那樣，因貧窮無可託身之地而選擇離鄉背井到山海關外去墾荒。剛到東北不久，他祖父出意外死了，留下當時還只是個少年的父親，孤身關外，舉目無親，哭到沒眼淚後畢竟仍生存了下來，慢慢把腳步站穩，把外鄉變成了故鄉。邊聽著這樣的故事邊在阿城轉了一圈，想那些金人打入關內時也是望著建立一份家業吧。關內與關外，歷史的鏡像。天黑之前又回到哈爾濱的酒店小房間裡繼續讀《雲圖》。

那是十月，秋冬之交，寒氣剛起。廣場上的索菲亞大教堂，晚上比白天好看。休長假的人們在中央大街上漫無目的地逛著，大冷的天仍然要吃馬迭爾飯店歷史悠久的冰棒。大街上大部分的俄式建築都已經名不副實。掛著書店招牌的大樓，只剩下頂樓一小塊空間賣語言教科書。樓下三層分別出租給金店、服裝店，或眼鏡行。有非常多的俄羅斯商品店，賣的商品都一樣，彷彿一整排的商店大大小小共同構成一組俄羅斯套娃。我一次一次離開書，走上這條大街。又一次一次離開大街，回到小說裡。小說布局巧妙，形成對稱的結構，我讀到中間才意會過來。就像登山爬到山脊的稜線上，看見兩側的風景分別往下如蝴蝶雙翼展開。

我不知道人生是否會有這樣的時刻。在一個時間點上，感覺未來將發生的，同時也是過去曾經歷過所有問題的解答。可能有。我之所以會寫下這個句子，應該是因為，我懷疑自己正站在那個點上。

「『據實說出看似不可能的真理』比『虛構一些看似合理的情節』更有說服力，現在就是這樣。」

這是《雲圖》中羅伯特．佛比薛爾的話。他原本是整本小說裡我最喜歡的角色。尖酸刻薄，鋒利無比。分明囊空如洗窮途末路，仍然活得像個屈尊俯就世人的貴冑王孫。但他太孤獨。孤獨者容易誤讀這個世界，過度詮釋他人的善意，過度在意他人的惡意。而他最終未曾從這誤讀的代價中復原，便來到這一世的結束。從有限的人世看，他是個注定悲劇的角色，在這一世裡，以他個人的才情，平反不過他的命運來。但《雲圖》是一部關於時間無限，關於人的無限的小說。因此如此個人的命運之殤，終究也並不只是個人的。因為不是個人的，放大到無限裡看，它似乎只是如雲聚散的時間與因緣的一小段。不再有悲劇性，不再需要平反。

雨和浪潮

1. 雨

青島下起了傾盆大雨。放肆、不顧一切，爽朗乾脆的下法，沒有任何懷疑與猶豫的大雨。我站在大樓門口，看著這雨勢。和我身邊二、三十個人同樣看著雨勢。即使有傘也一定會淋濕的。距離走到廠區門口，叫得到出租車的地方，應該有一公里吧。這裡是青島市郊，城北，一塊偏工業的區域。我來過青島很多次，幾乎都是到這裡來。青島靠海蔚藍色的一面我很少看到。嶗山亂石磊磊的一面也少。更多看到的是灰色的廠房建築。在這樣的大雨天從天空到地面都是灰色的。灰色的雨。

等不及雨全停，仗著帶了傘，走進那灰色的雨景裡。一個小時後雨勢收乾，天邊放晴。在往機場的車上我半身濕透在空調裡感覺冷，眼睛看見的卻是天邊雲層開處火焰般的夕陽。

天上有些地方仍然分布著層疊條狀的厚雲。於是紅與黑，光與暗相間，彷佛天空是被猛獸的利爪抓破的。又彷佛是如成熟的果莢般綻迸開來的。我想我應該選擇第二個比喻，因為它比較平和。但首先來到我腦中的卻是第一個。不是因為它在視覺上比較像，而是在構造文字時它用這樣的順序來到。從猛暴的比喻開始，卻想在更圓熟的語彙中完滿。

接下來兩天在北京，是極好的晴天。快到清晨時候我夢見有烏鴉的黑色羽毛，沾附在臥房窗戶的玻璃上。然後我在夢中想起：哦，這是村上春樹小說裡的情節。《1Q84》裡，是青豆或是深繪里藏身的公寓，常有烏鴉到窗外拍擊翅膀，在玻璃上留下油脂的痕跡。小說裡是這樣寫的。烏鴉的翅膀是不是真的很油膩，且是黑色的就像好幾天沒洗的頭髮？然後我醒來，有點分不清夢境或是小說，看了看窗外，是個晴天的黎明，天空顏色透藍，玻璃上沒有黑色羽毛。

《1Q84》裡這段烏鴉和窗玻璃的描寫，是帶有張力的獨居者的視角。在完全的獨處與孤立中，窗內與外變成一種對立又緊密鄰接的關係。烏鴉頻頻來訪。彷彿信使，又彷彿探路者。提醒了另外一個世界的存在，就在自己之外，一窗之隔。隨著時間拉長，孤獨的濃稠度遞增，外界的試探變得不可理解。到什麼時候你必須走出去。

到什麼時候你必須走出去。不管這是個令你滿意、或不滿意的自己。是個你喜歡、或不喜歡的世界。

然後我又想起威爾．史密斯和他兒子演的電影《重返地球》。然後我又想起青島的大雨。

2. 潮浪

夜裡起床寫稿時，我泡了蜂蜜熱茶。暖胃。可能潛意識裡試圖哄騙自己的身體，進入比較適合思考和打字狀態的感覺。我的腦子和身體之間的爾虞我詐，以及「其實也早已看破彼此伎倆了」的同夥關係。白天花了很多時間發呆，睡覺，讀一本很厚很厚叫做《2666》的小說。這是圍繞在四個德語文學學者角色展開的故事，三男一女，因為研究同一個謎樣的、失蹤的德語小說家而結為好友。然後事情開始變複雜，從牽涉到男女之情開始。在他們相對安逸舒適的生活方式裡（是我近期讀的小說裡，角色人生規格配置最優良的了）——經濟無虞，時間自由，沒什麼重大精神焦慮，往來歐洲各地參加各樣的文學研討會，閱讀文學藝術並在小酒館裡談天。然而在這四人世界的周圍，偶然與他們遭逢，進入這世界的乞丐、情敵、計程車司機、自殘的藝術家……，各種人物也像烏鴉飛到這四人世界的玻璃窗前般，攜來各種訊息。

天亮了，早上要到國貿區開會。在路旁攔出租車，來了一輛摩的——簡單說就是用電瓶車拉的三輪車，但如今後座都不是老式三輪車那種敞開的座子了，是用白鐵皮搭起的一個方形的箱子，人坐在白鐵皮小方屋裡，沒有老三輪車的氣派感，但一樣可以遮陽擋雨。摩的一般只跑短距離，比如去最近的地鐵站之類。師傅問我去哪，我說了地方，有點距離，原以為摩的去不了，沒想到師傅說可以。講好了價，上了車，接著，這段平日我搭公車或出租車走慣了的距離，忽然就用另一種路徑在我眼前展開。摩的不能走大路，不能上高架，因此師傅專走橋下小路、建築物背面的路。有一大半時間我想我們都是在逆向，另一段基本上是走在人行道上。不過並沒惹來什麼抗議，迎面和我們逆向交錯的其他三輪車、單車、電瓶車反應冷漠，看起來對路面方向規則一點都不計較。或許這就是個無規則的地界，和走在長安大街上不一樣。師傅一路疾行，左拐右彎，基本沒怎麼踩過煞車。眼看路面狹窄，我剛懷疑這過得去嗎，就已經過去了。這樣一路，把我送到了我該去的大樓背面。我從白鐵皮小方屋下來，謝了師傅。師傅接過車資，笑容爽朗。

我想起《2666》裡那個挨揍的倫敦計程車司機。我想起《駱駝祥子》不幸的祥子。但這兩個形象都很不幸，不像這個摩的師傅。我又想起瑞蒙・卡佛的話：「對大多數人而言，人生不是什麼冒險，而是一股莫之能禦的洪流。」這話又有點像從前在三島由紀夫小說裡讀到的話「恆轉如暴流」，即使卡佛與三島是那麼不同的作家。過馬路時我的念頭就這樣從一本書裡的句子，轉到另一本書，一個角色的形象轉到另一個角色。這天陽光正好。我又想起我們這一路左彎右拐地行駛，穿越二環，過了通惠河岸，彷彿在無形的車流中衝浪。

夜色溫柔

1. 柳樹

「春天，柳樹剛開始發新芽的時候，那種嫩芽的綠色妳注意過嗎？」開車的師傅這樣問我。我說看過。

是嫩芽剛剛冒出的時候哦，長得更綠些時就不行了；我說的是最早最早、剛剛冒出來的那個綠色；就那個綠，真好看呀。

他這麼一說我又不太確定了。這一年我看到柳樹從冬天光禿禿的模樣，到春天的青綠，到夏天的濃綠。現在秋天，很快又該凋敝了吧。不斷有北京人告訴我，秋天是北京最舒服的季節，也是最短的季節。很快過去，就又是冬天。於是這個季節的景色，都被多加了一道不會持久、將要逝去的時間條款。綠了兩季的銀杏樹，就快開始轉金黃了。河邊那些層疊豐滿的柳樹，又要變得蕭條。

但那初初露尖的嫩綠，那受嚴格時間條件限制、稍縱即過濃的綠，我是否看見？我從遠處看到的，我從樹下經過時不著意入眼的綠，是否是師傅說的那種綠？

注意過嗎？那真好看。師傅熱切地說。他的熱切如此誠懇、具體在一特定的事物上，使我感到那綠色對他或許有一種真實的、莫可忽視的影響。發生在每年冬天過後，一看見那綠色時，便有某種化學質素被喚醒分泌在腦中帶給他由衷的讚歎喜悅與珍惜之感。而即使我們同用「嫩綠」一詞形容春天的色彩，卻沒有任何方法可以證明，我們描述的是同一種腦啡分泌的狀態。

妳看過嗎？看過。我說。但我不確定我看過。

然後我開始追想，能夠追想起的，當我還是個小孩時，或者像個小孩般，為某一次美好味覺、嗅覺、視覺、聽覺而感動的時候；為第一次遭逢一個殊異微妙的思想而感動的時候。那些時候。

有的很遠了。有的淡淡地留下一種輪廓。有的是從另一個人臉上看見它對我的影響。比如上週的一支雙色霜淇淋。當我剛吃完它時，我的朋友們笑著說：「妳心情變好了哩。」

2. 上官婉兒

九月，西安咸陽機場附近挖出了上官婉兒的墓。網絡上發布了墓室的組圖，那些被考慎挖出的，方正齊整的墓道，以刀切線條的立面鑿開，變成可以走進去的立體透視圖。然後就是中秋了。一千多年來第一次她的墓室打開，一輪滿月的光得以照入其中。

應該是寂靜的。但或許是喧囂的。那一個墓室，早已經過盜劫，沒有什麼貴重的陪葬品被留下在夯土墓道裡。墓主上官婉兒，武則天寵愛的宮女，中宗的昭容，以其文才，多次為權力的擁有者起草詔書。但她畢竟是個沒有強大家庭背景的人，活在李氏、武氏、韋氏的刀兵鬥爭與互相斬殺中，最後在唐玄宗時代來臨前受誅，像給下一個盛世祭旗。所有她曾經使用的文字，在她死後，它們的效力還留下多少，權力的布局改變，說法改變，到了一定時候，世界恢復用身體、力量、兵馬、血肉寫就。傳說上官婉兒的母親懷她時，曾夢見巨人給她大秤，說此子將能權衡天下。不意出生竟是個女孩。又不意，這女孩出世而逢女主，果然能在靠近中樞的位置，影響權力天平的傾斜。詔書這東西曾在變化的歷史裡，埋下文字的界樁，定是非善惡忠奸生死，即使只是暫時。在下一紙詔書使前一紙詔書無效之前。

所有她曾經使用的文字。她奉詔去和的詩詞。它們讀來並不是特別女子氣，更像一種中性的書寫。不太有月光下的纏綿牽連、隱約情意，更像寫在朗朗日光乾坤裡。

一千年後當她的墓穴敞開，她埋骨之地的空氣與西元兩千年的大氣混合。入夜後大部分考古人員離去，留下這方墓穴。滿月從東方的天空升起，把光照進墓道裡。那些遺留的文字，或者文字遺留的不平不滿未盡之意，在光中簌簌響動，而後復歸於寂靜。完美的寂靜，在廣大時間與空間中成就的寂靜。

這是一千年來第一個，有上官婉兒墓穴向天空敞開的中秋節。

3. 夜色溫柔

寫《大亨小傳》時的費茲傑羅，才氣逼人，冷冽鋒利。但寫《夜色溫柔》時的費茲傑羅，彷彿與世間取得了諒解，他的才華變得溫暖了。《大亨小傳》中的角色是會犯錯的，富人犯錯因為自私，蓋茲比犯錯因為執著於一個虛幻的碼頭、一盞虛幻的燈。《夜色溫柔》裡的角色卻是不會犯錯的，無論他們做出什麼事，只會讓你覺得：因為這就是人，因為這就是人生，在其中沒有真正的虛擲。費茲傑羅愛著蓋茲比，對小說裡其他造成蓋茲比悲劇命運的紐約人他是苛刻的。但費茲傑羅卻愛著《夜色溫柔》裡的每一個人、每一個角色，他們無法控制的脆弱，他們對世界或自己的誤解。

《大亨小傳》是白晝，《夜色溫柔》是夜晚。或說是更深地走過了無數個生命幽暗夜晚後的費茲傑羅，最終在這世界上完成的作品。那溫柔是一種慈悲。他的文字仍然對世間看得那樣透，卻不出惡聲。晚年的費茲傑羅，是許多人眼中過氣、蒼老、極盛時代已過的作者。然而費茲傑羅完成了他的循環，由日，而夜，而完成。《夜色溫柔》裡那無法被忽視的溫柔聲調，是這一趟完整旅程珍貴的產物。

是否有人能永久活在日光的帝國裡？在一部電影《通天神探狄仁傑》裡，日光可以是致命的，誘發一種被陰謀置入身體的毒物，導致人體自燃焚化致死。彷彿在女皇的統治，與烈日、苛政之間，形成暗喻的關係。

歷史上的武則天，給自己造字取名，名字由日、月、空三字合成。不只是日，也不只是月，有明，還有空。她晚年，變起宮中的神龍政變誅除了她的寵臣張氏兄弟，把權力轉移到中宗與韋后手裡，上官婉兒可能也涉及了政變。新一輪鬥爭展開，有個太子發動政變又死了，有個太平公主暗中連絡李隆基，最終由李隆基成為勝利者。在這些家族的權勢者之間，沒有兵馬的上官婉兒，有的只是她最後一次起草的詔書，用來向李隆基證明自己還是忠於李唐的。文字未能給予她保護，李隆基把前一代宮廷詔書的影響力至此斬斷，新的時代來臨了。但在那權力像野火般暴走轉移的幾年，沒人傷武則天性命，沒人否定她的帝位。對武則天的晚年我們所知甚少。她從光亮處離開。她走入一個不再有文字爭鬥著去下定義，史冊記載捕捉不到的空間。

從我們所在的地面仰望，天空是旋轉的。空中有二十八星宿，手裡有一百零八顆念珠，《水滸傳》裡有一百零八個妖魔、一百零八條亂世的好漢，事物有一百零八個成熟的瞬間，瞬息相生，相絕相繼。夜色溫柔，無語言文字處，有事物棲息生長，無始無終。

封神

如果我可以任意拍攝一部電影，我要拍《封神演義》。不只因為裡面那些奇幻充滿想像空間的角色，各各不同的造型、性格，微妙如意識的細分。還因為整部書對戰事與對抗的觀點，是東方的智慧，不同於《魔戒》的善惡二分法。

因為有輪迴的觀念，《封神演義》看待爭鬥的時間超越一個人在世間的壽命。從地面上王國的時間——商朝將亡，周朝將興；到諸神的時間——不知那是在宇宙的何時，諸神共議了「封神榜」，榜上注定了有多少靈魂要歷劫重生，得到封號與任務，成為守定一方的星宿或神祇；再由諸神的時間回到人類的時間，無道紂王引發的殺戮和討伐，正在展開——雖然，最後的結果早已在冥冥中被決定，整場戰爭是應著封神協議的大方向而生的微細現象。在商周兩方的旗號之間，有些人是無知被捲入，有些是明明知道、要避卻還是避不開。腥風血雨之後，周朝的開國基業底定。人世或許還是有成王敗寇的邏輯，神界卻不是。封神台上，戰爭中死去的魂靈們再度聚集，不論生前是助周的、還是助商的，榜上有名者都被封神。封神的觀點超越勝負。戰爭不是殲滅對手，而是吸納與融合的過程。

於是翻回第四十回，姜子牙領周兵向東進擊之初，遇見魔家四將阻路。那時，剛剛棄商投周的武成王黃飛虎，因為曾是商朝的大將軍，太熟悉商軍內情，便把魔家四將到底有多厲害的情報，一五一十爆料給姜子牙知道。魔家四將，也就是後來封神榜上的四大天王：增長天王、廣目天王、多聞天王、持國天王，分別擁有青光寶劍、碧玉琵琶、混元珍珠傘、紫金龍花貂狐等法寶。四人分別有多麼不可思議的力量，黃飛虎說得仔仔細細。姜子牙聽完情報，信心大受打擊。第二天：

探馬來報：「魔家四將請戰。」子牙因黃飛虎所說厲害，恐將士失利，心下猶豫未決。金吒、木吒、哪吒在旁，口稱：「師叔，難道依黃將軍所說，我等便不戰罷？所仗福德在周，天意相祐，隨時應變，豈得看住。」子牙猛醒，傳令：「擺五方旗號，整點諸將校，列成隊伍，出城會戰。」

「隨時應變」四字，是整部《封神演義》戰爭描寫的重要寓意。也可以說是對生活的寓言吧。活著總有那樣的時候，像面對魔家四將時的姜子牙，知道的多了、受了過往經驗的束縛，反而觸目都是困難，跨不出去。

這時，還只在姜子牙東征之路的開端呢。若要看困難，往後還不知有多少。但整趟《封神演義》的征途，真的就是「隨時應變」四個字。遇到厲害的難關，自然有人來助，帶著不一樣的能力進入陣營。魔家四將這一關，就引來了楊戩。楊戩來時，正當姜子牙和魔家四將首戰失敗，城上掛了免戰牌，休兵爭取時間。

楊戩來見姜子牙的場景是這樣的：

一日，子牙正在相府，商議軍功大事。忽報：「有一道者來見。」子牙命：「請來。」這道人帶扇雲冠，穿水合服，腰束絲縧，腳登麻鞋，至簾前下拜，口稱「師叔」。子牙曰：「哪裡來的？」道人曰：「弟子乃玉泉山金霞洞玉鼎真人門下，姓楊，名戩；奉師命，特來師叔左右聽用。」子牙大喜，見楊戩超群出類。楊戩與諸門人會了，見過武王，復來問：「門外屯兵者何人？」子牙把魔家四將用的「地水火風」物件說了一遍：「……故此掛『免戰牌』。」楊戩曰：「弟子既來，師叔可去『免戰』二字。弟子會魔家四將，便知端的。若不見戰，焉能隨機應變。」

又是「應變」這個關鍵詞。《封神演義》中描寫的所有戰事，都可視為一種「應變」。面對挑戰，就有機會應變，演化出新的能力。

楊戩說的「隨機應變」，似乎又比「隨時應變」更細微一些。楊戩也是最擅長變化的，孫悟空常用的「順勢被怪獸吃進肚子裡，然後在裡面拉心扯肝，讓怪獸痛到投降」這一招，楊戩也會用。隨著故事開展，對楊戩順勢變化能力的描寫越發神奇，到第八十七回降服張奎夫婦時，他以奇妙的幻術將其人之道還治其人之身。中間間隔四十七回的故事長度，這過程中有過多少次的隨機，又有多少修行者與大能力者隨著故事開展被捲入，就有多少交流、降服或吸納發生。

當戰爭結束之後，《封神演義》第九十九回，姜子牙到封神台上封神；最後的第一百回，則收在武王封列國諸侯。從鬼神的時間，又回到王國的時間。裂土封疆的王國秩序，對應著五嶽正神、周天星宿的冊封。這是開天闢地神話的進一步續寫，神人鬼的契約，多元而歧義地兼容了天地、山川、方位、氣候的神祕性，將信仰的線索牽引在一起。而且這難道不是一個還在進行中的故事嗎？不只因為許多神祇的名字都是我們文化裡熟悉的，就在身邊，經常聽見看見，在周天星宿、太歲值年的循環中，有他們的存在。也因為，再進入個人的時間之中，我們自身的生命，每一天每一日，都在續寫著宇宙的變化之書，靈魂的開天闢地。

輯二

在時空的座標裡看見美——張惠菁對談施靜菲

對談人：

張惠菁

作家。愛丁堡大學歷史學碩士。出版著作有《給冥王星》、《你不相信的事》等散文集。曾在國立故宮博物院擔任院長機要祕書，也曾在北京和上海居住與工作過。二〇一七年底回到台北後，和好友施靜菲等人組成非正式的組織「街角研究院」推廣藝術與人文研究觀點的分享。

施靜菲

國立台灣大學藝術史研究所教授。牛津大學東方研究所博士。在到台大任教之前，施靜菲曾是國立故宮博物院器物處助理研究員。主要研究領域為東亞與歐洲的藝術和文化交流，東亞裝飾紋樣史，東亞陶瓷文化，清代宮廷工藝等。

某個年少時候做過的決定——歷史學、藝術史學

張惠菁：

去年底，我回到台灣定居，有過一段重新適應，或說重新認識台灣、認識家鄉的時期。這個時期，直到今天還在展開中。或許，會一直持續下去吧。或許，所謂「家鄉」，本來就是一個必須要一直去認識的地方；而「回家」，也可能是一種永遠的現在進行式。

這個「回家不是一個地點，而是一個過程」的感受，是從很多角度被挑動的。其中之一，是當我又開始使用臉書後，面對每天湧入我手機屏幕內許多短暫但喧囂的議題、與每每議題一出就被劃開的立場鮮明對立的兩造人群、和雙方揮舞著的尖銳而互無對話企圖的詞彙，我深深感到不適。於是我就開始問自己，我該怎麼看待這些事件和話語？在這些不時吹起的短暫但苛刻的語言風暴裡，我能分辨得出偽命題，以保持內心不被打擾嗎？對於真正的問題，我能不

逃避嗎？我能改變的是什麼？我該參與的、和該安靜觀察的，又是什麼？

我發現，我需要進行一點「自我教育」。我開始閱讀，但不是像年輕時那樣，為知識而讀、雜食地讀。我有問題，我在找方法，而這個問題是個非常個人的、是我在此時此刻回到家鄉卻缺少安頓感的問題。我完全不知道在哪裡能找到答案。甚至不確定，讀書是不是回答這個問題的合適方法（我甚至懷疑，會不會就是讀了太多無用的書，才使我們來到這樣一種人人都有話說，卻不知道是否有人在聽的景況）。

轉折點在我讀到《愛這個世界：漢娜鄂蘭傳》時來臨。我看著書裡描述的，二次大戰前歐洲的猶太人彼此之間的衝突爭執，紛紛擾擾，覺得莫名熟悉，遂一發不可收拾地讀下去。漢娜鄂蘭，海德格，雅斯培，這些都是我高中時候嘗試讀過，想懂，但不懂的書。事隔多年，我終於能回來給自己補課了。這回，已經不是在讀一種我著急著想征服、想取得的、「外在的」知識。我竟然讀著漢娜鄂蘭的傳記，好幾次流淚。

於是似乎，開始，我感到，有一種內在的知識體系，想要被形成。在漢娜鄂蘭之後，我回頭想台灣在二十世紀同時代的經歷。發現我認識的台灣歷史，有很大塊大塊的空白。於是我繼續自我教育。我接著讀。目前主要在補白日治時代的台灣作為殖民地的歷史經驗。

這個歷程現在還在經歷中。我讀歷史系，但離開學校後，我的職業不直接和歷史有關。現在我卻發現，在生命困惑的時候，我終究還是回到歷史裡去找答案。我終究還是感到，困惑的根源來自一種歷史感的缺失，因為缺失歷史感，而對此刻正不斷發生湧現的現實，感到無脈絡無尺度，不知如何判斷這四面八方同時並生的事物，其重要性，相關性，音強或音弱，遠或近的關係。於是我開始補課。

妳是否也曾有過類似的經歷？藝術史和歷史還是不同，妳面對的是需要用視覺語言解讀的物件、作品。我很想知道，這樣一種與藝術品面對的經歷，對妳的影響是什麼？那些fine art的物品，是否曾經對妳這位研究者說話？

施靜菲：

我好像沒那麼感性，因為藝術史一直是我的工作，所以我每天都要面對藝術品，跟它們對話。對我而言，藝術史也是人文學科中史學的一部分，我們學習人文學科的研究方法、批判性的思考，只是歷史學家處理的對象大多是文字材料（近年來物質材料、視覺材料也慢慢成為歷史學家處理對象的一個部分），而藝術史學家處理的對象以物質與視覺材料為主；而且藝術被認為有一內在發展的邏輯與歷史，因此能夠獨立於史學，成為其中一個領域。

也就是說藝術史學科訓練中有史學訓練外獨特的行當，就是用眼睛來觀察，有些材料還需要用手來拿取、觸摸，以深入解讀視覺、物質材料。雖然這些材料也是廣義史料的一種，且藝術的發展往往也與該時代的政治、經濟、文化發展密切相關，但藉由藝術史研究方法對這些材料的解讀、分析，能夠讓我們理解歷史中藝術發展的面向，將藝術品納為有用、具體的史料，有時甚至可以反饋歷史研究中忽略的部分，協助歷史的重建。

我想舉一個最近的例子來說明，水下考古是近來很熱門的研究方向，大海裡發現的沉船中留存大量的古代瓷器，若我們對這些瓷器沒有認識，它們可能就是一堆破碗盤，但對歷史研究而言，它們是珍貴的交通、貿易史料。近年來東南亞沉船瓷器研究在學者的努力下蓬勃發展，不但擴充了原來陶瓷史貿易陶瓷的研究，也反饋到東南亞歷史的研究。過去越南史的研究以使用文獻為主，而近年來沉船陶瓷研究的迅速發展，讓史學者不得不關注到東南亞沉船材料可能帶來的新訊息，越南生產的青花瓷大量出現在十五到十六世紀的東南亞沉船中，迫使學者不得不重新評估當時的越南王朝政權，可能不像原來以為是一個內向、以農業為主的國家，而有積極參與海洋貿易的一個面向。從這個例子來看，藝術史不只是補充歷史拼圖的一塊，有時候也在史學研究中扮演更積極的角色，促成相互對話。

惠菁所講的回到歷史，在歷史感中安頓，找到尺度與脈絡，一種內在知識體系的形成。這點讓我覺得很有趣。若要能夠更客觀地判斷我們所面對的事物，一定要有這樣的訓練與認識。我在藝術史領域中所學習到，對過去研究及事物的批判性思考，與其他領域也相通，首先要學習建立一套藝術發展歷史的知識體系，才能辨識某件藝術作品的真偽以及它在整個尺度脈絡中的定位，並進一步分析與深入探討。

然而就如上面所提到的，藝術史處理的材料與對象與大多數的領域不同，眼的觀察與手的觸摸變成是非常重要的分析基礎。而這個訓練，除了得到正確的訓練與研究方法的培養之外，還必須依靠日積月累的經驗才能純熟。

當然，雖然與藝術品對話是我們的日常，是我們工作的一部分，但是看到一件值得玩味的作品，看了一個好的展覽，都讓人覺得很開心。就像最近我看了兩個展覽，都很振奮。六月份到日本東京三得利美術館展出的清宮玻璃展，對乾隆朝玻璃器有恍然大悟的理解；過去乾隆朝的玻璃器被放在中國傳統藝術的脈絡之下，感覺非常跳tone，不論是俗到爆的黃色、紅色，或是尖銳方折的器形線條，都顯得格格不入，這次展覽中將這些作品與法國新藝術運動藝術家艾米里．加利的玻璃作品並列，並且說明清宮玻璃器如何成為加利玻璃製作靈感來源之一。呵！原來我們認為俗氣的乾隆朝玻璃器，反而成為非常前衛的當代藝術作品，黃配黑、紅配綠、銳利的線條，這不正是當代設計的重要特色。這一想，原來不入眼的乾隆朝玻璃器突然變得非常時尚，而如果我們把乾隆朝的玻璃器視為是清宮的中國風，它們的魅力真是無法擋，歐美的中國風可能都要靠邊站。

七月分看到大英博物館的羅丹展，更是令人興奮，其中一個點是，那個特展廳在過去的展覽中，都將有大面窗戶的那面牆遮起來（擔心陽光會影響有機材質的展品），這次因為大多是大理石雕塑，不怕光線，所以將展廳盡頭的大面落地窗露出來，引進自然光，哇！窗外的綠樹與微微透進來的陽光，讓羅丹的雕塑回到一個更貼近原來脈絡的呈現，就像在羅丹創作時的環境。另一個點是，這次把羅丹的雕塑作品與帶給他重要靈感來源的希臘羅馬古建築廢墟及殘破雕塑一起展出，把我們帶向羅丹當時所處的冥想世界，和他一起體驗創作所遇到的困難、反思以及得到靈感時的喜悅，好像與藝術家一同經歷這個夢幻旅程。

惠菁當初為什麼會選擇歷史系呢？妳訴說自己回到原點的安頓，也讓我回想當初為什麼踏入藝術史領域的初衷。我大學讀的是政治系，到了大三的時候，除了很確定自己要走政治這一行的人之外（屈指可數），班上同學對未來的發展都很徬徨，當時最受歡迎的領域轉向，就是大眾傳播與商業，就連當初從電機系轉來政治系的同學，轉系宣言「不修電視機、要修國家機器」言猶在耳，也跑去報考經濟研究所。而我當時也一樣站在人生的十字路口，無所適從。我只知道我不想跟大家一樣，但我想要甚麼呢？

大三的暑假，我與一位當時算很有國際視野的同學，一起背著背包到歐洲自助旅行。我原來對藝術史就有一點興趣，閱讀了一些基礎的書籍，也準備在旅行中能夠親眼看到教科書中的重要建築及畫作。這通常也是歐洲觀光的重點。但是，想像跟現實是有差距的。在西歐幾個先進國家，走過一座接一座的宮殿、教堂，在博物館中看過一張又一張的名畫，最後其實很慌，因為它們對當時對藝術史一知半解的我來說，無法分辨其差別（簡而言之就是有看沒有懂），看到最後甚至都想吐。

到了東歐之後，放棄了認真做觀光客的想法，放鬆的隨意蹓躂，反而能跟所處的環境對話。在布拉格的老城區中與來自各國的青春遊客一起享受這個剛嗅到自由空氣的活力城市；在分隔布達和佩斯的多瑙河畔巧遇在一個下午即成為難分難捨的異國好友匈牙利人瑪格太太（那之後我們還通信了好幾年）。在英國（我當時待得比較久一點），從城市到小鎮，各個小社區單位中就隨時有音樂會、畫展、隨處有博物館，公園中、電車裡都可見到拿著書本在閱讀的人們，充滿了人文氣氛。

話說回來，比看不懂藝術品更大的一個衝擊，也在這趟旅行中發生。每天住在湊合一堆背包客的青年旅館中，總是會跟南來北往的過客們閒聊與交換旅遊情報，結果我發現，大家會去的景點都差不多，看到的建築與藝術品也都雷同，但分享經驗的同時，我能跟他們聊達文西、米開朗基羅、梵谷和塞尚（雖然不很懂，至少可以說我看過他們的作品），卻在他們問我中國、台灣或者亞洲值得認識的藝術家時，腦筋一片空白，臉紅地答不出來。

是我太無知，還是台灣整個從小學到大學的教育內容與方式有問題？我在心中打了個大問號。當下就默默決定，回台灣後，我要攻讀藝術史，並且在我懂了之後，也要推廣讓更多的人能看懂藝術。回想起來，當時真有這樣衝動的使命感。

張惠菁：我差點忘了，妳大學念的是政治系。這麼一說我也想起來，我高中的時候，也曾經考慮過政治系！我們讀高中時的那幾年，政治學、社會學，吸引了很多關注，我想是因為台灣社會正在轉型吧。有特別多的重大議題。當時我參加的社團，基本上是讀書會的性質，《中國論壇》、復刊後的《文星》，是我們會去讀的刊物。前面說的漢娜鄂蘭、雅斯培，和一些西方馬克思主義大家，都是在這個階段接觸到的名字。當然，當時的我也會去讀川端康成、三島由紀夫、芥川龍之介。從表面上看，似乎是文學對我的影響，比較明顯。但實際上，當年曾經有一個我，很努力想理解外在的世界，甚至帶點理想性地想知道，是否存在讓世界變得更好的方法。就像你當初從自己的問題出發，想要有一天能夠推廣藝術，當年的我想要理解世界的努力，好像也是到現在都留存在我的心中吧。

最後我之所以沒有選擇政治系，而選擇了歷史系，是因為我意識到「時間」這個影響事物的因素。我意識到世界之所以是現在這個模樣，是有其來由的。所謂的「現況」，並不是基於理論的設想，而是有其前因，有其影響；有它的從何處而來，往何處而去。我想去認識這當中的作用力。

這是我好久沒有想起的往事了，沒想到會在這次對談中浮現，真的很有意思。或許，就算是幾乎記不得了，實際上，我們仍然是在用某種方式，回答著自己年少時候做過的決定吧。

安定心神之美，與顫慄般的感動——文學的美vs.文物的美

張惠菁：

曾經在文學中讀到過，描繪物質之美的文字，印象最深刻的，應該是谷崎潤一郎的《陰翳禮讚》了。《陰翳禮讚》通篇在說明一種日本（或說東方）文化比西方更懂得欣賞的，與環境相協調的審美。是那種習慣了燭光黯淡的和室，或在僅得星月以照明的自然之中，而養成的一種柔和的、敏於層次變化的感官。那時看見的美，不僅繫於物件本身，是將賞物的環境、遭遇的過程也考慮進去的。例如金色的蒔繪，在敞亮的環境裡得俗艷，谷崎潤一郎認為是因為，它們原本就是為了放在黯淡的和室內使用——如果考慮到漆的表面於暗室中的反光，那是恰到好處的效果。反之，脫離了暗室，便失去它的趣味。

谷崎潤一郎之所以談到這些，當然不只是為了談蒔繪。他實際上想說的，是一種正在被電燈照明的現代世界驅趕而至消逝、散落的，前現代的美。藉著

寫物，他實際上想寫的是黑暗。不只是有形的外在世界的暗，也是心理上如同還在母親體腔內部般的溫暖黑暗——是文化的母性體腔。

谷崎潤一郎描繪的，是他作為一個人，生活在日本自前現代向西方現代文明靠渡的那段時期中，從感官覺受出發的體會。他要說的不是怎樣改革制度、帶領國家進步的大方向等等等等的大事，而是完全從自身的感受與審美出發的「小事」。我年輕時第一次讀此書，覺得也就是某種風流意趣的懷舊。但近期重讀，卻會特別注意到「不可思議地令人神經放鬆」這樣的句子。大約也是我到現在才能懂，他所描寫的理想的環境，那些暗淡度，木頭紋路，空氣濕度等等，不是在謳歌日式審美，而實是神經之中的需要。那些需要，因為不免受他個人成長背景、文化上的因素影響，遂疊合在「日式審美」這樣的大題目上。其實，就是神經感官被說不出地辜負或扼傷了，所以忍不住發出牢騷：「不管照明也好，暖房也好，便器也好，我對擁抱文明利器一事絕無異議，即便如此，為何不能稍稍重視我們的習慣與生活情趣，順著這些而加以改良不是更好嗎？」

日本的西化、現代化，所帶來的感官、價值觀上的變化衝擊，在二十世紀許多日本作家的作品裡都能看見。川端康成的《古都》，裡面有一對失散的孿生姊妹，姊姊千重子被中京的綢緞批發商收養，妹妹則仍然是山村勞動者。千重子的養父熱衷於設計和服腰帶，看了千重子買了保羅克利（Paul Klee）畫冊後，激發了靈感，一掃他原本的平淡無趣，設計出樣式新潮的和服腰帶來了。但這腰帶，到了極有天份的織工秀男面前，秀男一方面覺得很美，一方面卻又說：「不知為什麼，彷彿給人一種荒涼病態的感覺。」這些描寫，也是意指著日本對西方新潮吸納過程的不適感。千重子在綢緞商家裡過的生活雖好，究竟是被收養的，她自己心裡總也會懷疑，親身父母是誰、拋棄自己的緣故。當她偶遇了和自己相貌一模一樣，明顯是孿生妹妹的苗子，她請秀男為苗子織的腰帶，特別取材自苗子所生長的環境：山、杉樹的圖案。

三島由紀夫的《金閣寺》，所描寫作為世間最美事物象徵的「金閣」，雖然不是西方之物，但是那種美是外物、令己自卑的不適感，也是在寫一種離開了文化的母性溫暖體腔後，與文明、進步、高舉的標準之間的衝突——在《金閣寺》中表現為一種內與外：言語尚未出口之前，與言語出口之後失去庇蔭，化入為世界的一部分、必須被世界審查檢驗判定高下的衝撞和痛苦，最後導致以毀滅那外部的美的象徵，來整合世界的內與外。

當讀到這些描寫，我感到「物」不只是物，它的美也不只是放在展示櫃時的美。它是一種文化裡的關係，它與使用它的人之間是有一種神經感官上的連結。在理想狀態下，那是一種令人安定的連結。但有時，由於「物品」往往也是時代改變的載體，也是會在感官的第一線上，帶來衝突和令人不適的感受的。

施靜菲：

惠菁提到日本文學裡對文物的描寫，那種十分細膩、能夠觸動人最根本的神經感官的連結。谷崎潤一郎對華麗的蒔繪漆器在陰暗和室中恰到好處的描述，展現文學家對身邊所用器物的觀察與賞識之處。這通常也是我在上大學部課程時候，希望大學生可以學習到的——對日常用物的講究。

研究所的課程，比起欣賞文物，更多時候我們在訓練同學進行理性的研究，批判性地思考前人研究，蒐集資料建立一套知識體系。因此，如果是談到日本蒔繪漆器，腦袋中要馬上想起，蒔繪的起源，產地、編年與風格，甚至流通與使用（例如江戶時代外銷到歐洲、到清宮）等等。最後老師可能要你提出有別於前人的看法，而你只會無頭緒地抓著頭，完全沒有浪漫的部分。然而，在大學部的課程中，除了基本知識外，我希望他們學習如何體會文物之美，安排他們去博物館多看好的經典作品，訓練他們能用自己的眼睛去觀察、描述文物，並透過反覆對比來辨識文物美的所在，繼而能開始講究自己身邊的日常用物，無論是一只馬克杯，還是一個泡麵用的碗。

原以為我對他們的期待是不是太小？這對他們在大學四年的學習中能起甚麼樣的作用？對這個社會能有甚麼貢獻？但讀完前述惠菁的分享，我豁然了。也許他們無法像谷崎潤一郎有那麼深層的體認、那樣有駕馭文字的能力，能引起眾多讀者的共感。但從一個個的個人做起，慢慢的累積，也可能形成由下到上的一股力量，不需要空等期待國家教育政策制度由上到下的變革，而是從社會的最小單位開始，開啟欣賞美的開關，播下種子，小樹也會慢慢長成森林，至少是城市中的森林公園、城市的肺。學生們上完一學期東亞陶瓷文化史的課程，至少能夠辨識汝窯與一般陶瓷的差別，能夠真實感受國立故宮博物院汝窯無紋水仙盆純淨素顏的美，在此我借用謝明良教授的說法：「汝窯水仙盆就像是一位化了淡妝的美人，看似素顏，卻是花了好幾個小時努力裝扮的結果。」簡單一句話，為汝窯的氣質非凡，下了最貼切的註腳。更重要的是，上過這門課的同學不會想到要用汝窯青瓷蓮花式溫碗來泡麵，因為他們知道，脫離脈絡的連結（文創）是沒有根的，無法長出新苗，只會很快枯萎。

二〇一七年大阪市立東洋陶磁美術館舉辦了一個特別展「台北國立故宮博物院——北宋汝窯青瓷水仙盆」，整個展覽只展出六件作品，都是青瓷水仙盆。其中，五件來自國立故宮博物院，一件為大阪東洋陶磁美術館自身的藏品。展覽宣傳用語相當吸睛：「人類登峰造極的陶瓷工藝」（人類史上やきもの最高）、「海外初公開」、「初來日」。可惜我未能親自見到這個展覽，但是看過此展覽的友人都讚賞不已，直說整個展覽的設計及策展概念，將青瓷水仙盆的鑑賞史及其在陶瓷史上的重要地位充分烘托出來。

今年我拜訪東京藝術大學陶藝創作教室，跟那裡的教授們聊到這個展覽，他們提到，雖久有耳聞，但親眼見到汝窯青瓷水仙盆還是非常感動，且對以陶瓷為創作媒材的藝術家來說，汝窯青瓷水仙盆的色彩及造型都令人驚艷。理由是，有別於日本人熟悉的宋代青瓷，講求如玉一般的溫潤質感、古典的造型，天青的釉色異常鮮麗，銳利的造型具有一種他們沒有預想過的時尚現代感。記得二〇〇六年國立故宮博物院舉辦的大觀宋代汝窯展，就曾經用Tiffany Blue來形容汝窯的天青釉色。

相傳一千多年前，五代後周世宗皇帝柴榮曾經以「雨過天青」批示屬下追求他心目中理想的青瓷釉色，即雨後一掃陰霾的晴空。至今，這種「雨過天青」

的釉色只在文獻中出現，卻沒有人見過，留給我們無限的想像空間。汝窯極具媚惑力的釉色，總能吸引人們比附傳聞，有人就認為汝窯的釉色就是雨過天青的最佳詮釋。但我們可以肯定的是，這種天青釉色，或許可以說是千年以來，歷代文藝帝王對理想釉色不斷追尋的展現，從五代後周世宗、宋徽宗到清高宗（乾隆皇帝）。

事實上，汝窯青瓷在其生產年代（北宋）之後已經少見，乾隆皇帝以「一二晨星」來形容此類青瓷作品的稀有，目前全世界的汝窯青瓷傳世品僅九十件左右。而以收藏宋代陶瓷著稱的日本，也只有屈指可數的兩件汝窯青瓷，前述展覽中除一件是大阪東洋陶瓷美術館藏水仙盆（安宅產業株式會社舊藏）外，另一件則是文學家川端康成舊藏的汝窯青瓷盤，目前收藏在東京國立博物館。川端康成曾提到中國古代美術的莊嚴崇高已深深地滲透到他的身體裡，給他戰慄般的感動。傳說數十年前他到台灣參加學術研討論，說他最期待的就是到國立故宮博物院去看中國古代美術作品。

張惠菁：

竹中信子的《日治台灣生活史——日本女人在台灣（大正篇1912-1925）》一書裡，有一些對日治早期台灣庶民生活的口述歷史。例如當時東京的台灣留學生宿舍「高砂寮」寮長後藤朝太郎，曾到台灣旅行三個月，他對當時的台灣社會，有很多正面的描述。在他的眼裡，台灣人的生活態度從容而愉快，「以人類生存的觀點來看，比日本人幸福得多」。「東洋本來就有『安於清貧』這句話，中國人和台灣人可說是這句話的實例吧！內地人被衣食住方面的需求追著跑，既不從容，也無法安心，但在台灣我們可以親眼目睹生活水平不高、但安於現狀的生活態度。」這裡的「東洋」是指中華，而「內地人」是指住在日本本土的日本人。在這裡我彷彿看到一個世界在近代化的進程之中，不知不覺與谷崎潤一郎所說的，那些「不可思議地令人神經放鬆」的事物們失去了連接，而變得無法從容與安心的日本。相比之下，當時的台灣，則保留著一種前現代的安穩。我印象很深刻的是她描述台灣庶民如何薄於日常花費，卻非常講究婚喪慶典，願意毫不吝惜地投入金錢。小至慶典用的一支火把，都在用料和作工十分講究，使得在大風吹襲下也不會熄滅。我彷彿可以想見那種對重視的事，以篤實的作工、在過程的講究裡，一步步實現到不會出差錯的安心。一種物質的堅固性，實體感，在生活感官中的重要性，是和人對生活、對文化的信心有關係的——無論是一個青花瓷碗，或是一支火把。

我一直也很感興趣妳的研究，用時空跨度非常大的方式，看待貿易瓷在亞洲、歐洲各地的發展，和區域之間交互的影響、各地文化脈絡的對話。能否也談一談？

施靜菲：

紐約大學教授喬迅（Jonathan Hay）撰寫的《魅惑的表面》一書，就利用了晚明文人李漁《閒情偶記》中提到的「玩好之物」，展開中國明晚期以來人之於物品表面質感與裝飾之全面論述，甚麼樣的表面裝飾或質感，帶給當時人的感受及想像，而這些表面風景將製作者與使用者連結起來，串聯了製作者的意圖，以及使用者的期待與感受。作為使用者，我們會看到文物的形式，包含器形、表面的裝飾、色彩與質地，觸摸到文物的製作痕跡、表面質感。它們的形式本身往往就已經預設了使用的方式，當然若時空脈絡改變，不同文化或時代脈絡的使用者有可能改變原有的使用方式。這樣讓我想到，惠菁前面提到「物」與它的使用者之間有一種神經感官上的連結。

谷崎潤一郎希望可以在原有文化的脈絡中順應時代改良物品以符合新用，而非揚棄它們換上新品。而川端康成的藝術收藏則是跨越大幅度時空，從日本最古老的藝術繩紋陶土偶、汝窯青瓷到羅丹的雕塑。二〇一六年東京車站美術展覽室展出「川端康成收藏的傳統與現代」（川端康成コレクション　伝統とモダニズム），強調川端康成對美的深刻理解與對話，是跨越傳統與現代的，且融入在他的文學作品中。

在我的貿易瓷研究當中，特定物品之所以流通到不同的地區，有其不變的價值，然流通到不同的文化脈絡下，它原有的使用方式與意義也因為不同的觀看方式和審美觀而改變，而就是透過拼湊這些更動與調整，讓我們能更重新評估這些物品的價值所在，找到它們真正的定位。青花瓷的故事是這樣，紫砂的全球史也是這樣。我們試圖在展覽中，透過時空脈絡中物品的「變」，找到它們的不變之處（核心價值），以及他們真正的定位。

在時空的座標裡看見美——思想vs.美感

張惠菁：

上學期，妳帶大學通識課學生看「非典型青花特展」時，我也跟了去。那是我第一次看到妳和學生之間的課堂互動。覺得印象非常深刻的是，因為藝術史是有「物」作為研究對象的，因此就有了和歷史學課堂很不一樣的一種上課方式：老師與學生共同對著「物」進行討論。

我注意到，妳非常鼓勵學生們說出自己的觀察。作為探討對象的瓷器文物就在眼前，就像是一個對話的介質。學生圍繞著它，眼睛看著它，所說出的話，都是非常具體的，可以立刻觀察檢驗，辯證討論的。雖然是文科，卻有點在上科學課般的感覺。

其後我才知道，「非典型青花特展」這個展覽，妳也是讓學生大量參與的。在藝術史教學的同時，妳讓學生實際操作一個展覽，從定品名、判斷年代和產地，到寫出展品介紹與導覽文字。最後，這個展覽呈現出一種「注視的多面性」。例如一件雲南青花，既可以放在雲南當地文化的脈絡裡被欣賞；也可以用跨區域的角度看待；既可看見外來強勢技術對一個地方的影響，也可以看每個地方以自身文化的生命力，消化吸收外來技術的過程。而其中進而有些在這過程之中孕育出獨特的美學，突破原本被強勢文化壟斷的市場表面張力，而為「美的標準」續寫豎立一種新篇。日本伊萬里從模仿中國，到生產出獨樹一幟的風格，一度也在歐洲市場取得熱門地位，回過頭影響中國的外銷瓷器，就是個例子。

說到伊萬里，前陣子我到台南，發現有一家水果行，常年用伊萬里金欄手風格的大瓷盤，裝著纍纍的新鮮水果，做店面的陳列。我去的時候是七月，芒果當令的鮮綠色，放在金欄手大盤子裡一襯，特別大氣。也讓我感到，老闆娘雖然不一定會說出藝術史的專有名詞，卻有一雙美感的眼睛。

我很好奇，妳在教學時，比較重視哪一點：知識，還是美感？這兩者的培養，有衝突嗎？有沒有很有美感，但無法知識化的學生；或是反之，有很多知識，但是美感不行的？

施靜菲：

惠菁對我上課關注的點讓我覺得很新奇，因為自己已經習慣，從來沒想過會讓學習歷史的人覺得很特別：對「物」的觀察與討論，把「物」作為討論的對象，試圖從它們的身影中看出很多歷史的痕跡，從它們特有的形式中找出脈絡的編碼，進而對它們進行解釋，都是藝術史研究和教學的一部分。知識和美感的問題，也是我在教學過程中，不斷思考的一個問題。二〇〇九年剛開始開大學部課程時，我試著用在英國學習到的教學方式，嚴謹地設計了essay questions，硬是讓修課的學生在一個學期中（十八週，非常不合理的長），寫了十篇學習單。其中表現最好的學生，都是歷史系的，後來都選擇了藝術史這個專業。這種激發學生思辨過程的訓練，對於深入掌握陶瓷史知識與批判性思考都很有幫助，算是成效很不錯。

但是，進行完期末小組報告後，我發現，學生雖掌握到陶瓷史的基本知識，卻無法分辨陶瓷作品的好壞，也沒有審美的眼光。選擇進行報告的作品大多沒有美感可言。因此我改變了教學的內容，減少知識學習的部分，增加了許多參觀博物館、觀察實物的課程，在審美及鑑賞的部分，都有了進步。

但是後來也發現，兩者之間好像存在衝突，時間分配也是一個考驗，不容易取得平衡。後來，我嘗試讓學生撰寫維基百科亞洲藝術的相關辭條，因為文字要放到網路平台上，必須經過問問題、找資料和研究的過程，才能確保呈現內容的正確性，因此學生都戰戰兢兢地進行研究，也從中得到成就感，效果不錯。

在二〇一六年故宮南院展出「日本美術之最」特展時，修課學生們針對所選擇的展品進行維基百科的相關辭條寫作。這樣做，一方面是有感於中文的維基中有關日本美術的辭條非常少，學生在學習時遇到網路資料嚴重不足的問題，因此，讓同學自己撰寫我們在學習日本美術史會用到的內容，對往後的教學也會有所幫助。另一方面，如前所述，可以藉此訓練學生提問、上圖書館找相關資料、組織進行作品的觀察及撰寫論述，然後將找到的資料及圖版轉化成可供網路上大家瀏覽的知識形式。因此，我們加入維基本科的台灣教育專案，讓學生學習嚴謹的維基百科撰寫格式及形式，並且帶學生前往南院展覽現場，在展品前直接進行期末報告。該次的實驗，雖然也有美中不足之處，但聽到學生在有扎實知識的基礎上（已寫好維基辭條），加上對物的具體形式描述及欣賞。我感動到差點哭了。知識和美感，彷彿就在此刻，得到了平衡。

張惠菁：

最近重讀了川端康成的小說《千羽鶴》。說是重讀，其實等於是新讀。因為在書店看到新的譯本，讀後大吃一驚。原來川端康成在發表了〈千羽鶴〉這個中篇小說的兩年之後，又續寫了續篇：〈波千鳥〉、〈春之目〉和〈妻子的心思〉。這三個續篇小說，我是第一次讀到。

如果不讀這些續篇，則發表在一九四九到一九五一年之間的《千羽鶴》，是個被上一代留下的陰影所籠罩，或說被業力牽引，無力突圍，最終在憾恨之中收尾的故事。主角菊治的父親是一位茶道師父，除了自己的妻室，他和弟子栗本千佳子之間，以及與另一位茶道師父的遺孀太田夫人之間，都有婚外情的關係。上一代的多角不倫戀情，壓抑的道德觀，在年輕一代的性格裡烙下了影響，菊治感受到關係的不潔，太田文子則充滿了罪惡感。就像在水中掙扎的人，反而更加地溺水，他們越是想要遠離上一代的錯誤，越是脫離不了。原本的〈千羽鶴〉，就是這樣一個兩代人之間、下一代擺脫不了上一代影響的故事。

《千羽鶴》發表的時候，正是日本戰敗的初期。小說起首看似清淡，隨著故事展開，宿命感不斷加重，「過去」彷彿仍然在場，沒人能置身在它的重力場之外。但時隔兩年，川端康成繼續寫出的〈波千鳥〉等續篇，卻延展了空間，稀釋了「過去」的重力場，為原本陷入悲劇性膠著的故事續了新的生命。菊治結婚了。文子踏上一趟尋根之旅，在旅途中不斷回憶、不斷書寫回憶，直到回憶對她的影響，在移動與書寫之中，慢慢淡去。菊治則是透過與新婚妻子的相處，由日復一日的「日常」，為他沖淡了過去的影響。這兩個受到上一代牽絆的人物，都太需要「時間」了。需要時間讓糾結負罪的過往鬆開，讓新的遭遇能穿過縫隙進來。就像植物捱過了嚴酷的冬天，終於有青翠的、生命力的綠芽初初探出頭來；不過，生命是脆弱的，再有一次降溫和霜害，綠芽可能又會死去，死去之後可能又會再冒出新芽——是這樣危險脆弱又不斷重生的生長。

我真的很喜歡，很高興能讀到川端康成為《千羽鶴》寫下的這些「續篇」。沒有了這些續篇，《千羽鶴》作為一個作品，會停止在悲劇的位置上。但這些續篇，讓我們看到了時間裡的川端康成。作為一個敏感的作者，他在他人生的時間裡，帶著這個故事往前走。他帶著它，從悲劇的位置慢慢脫身。雖然，直到續篇的最後，一切都還不是決定性的。他把小說的節奏走得很慢，很謹慎，像懷抱著脆弱的幼鳥，朝著光走去。似乎有機會，最終會走進光裡。

據說在〈妻子的心思〉的篇末，川端康成留下了「未完」的訊息。或許，川端康成還是想讓《千羽鶴》繼續發展成悲劇？但他終究沒有繼續寫。在〈妻子的心思〉之後，距離川端康成離開世間，還有十八年。這十八年，他沒有再去改變這個懸宕在半空之中的「結局」──一個彷彿一切就要開始變好，也似乎隨時會掉回業力漩渦之中的、懸空的結局。《千羽鶴》這部作品，就像在極薄的玻璃杯口上，擱著一隻平衡的摺紙鶴。

從前篇的業力深重的悲劇，經過隔一段時間後的續寫，故事轉化了，主角們似乎有了過上日常生活、一點幸福的可能。但作品的悲劇性，卻是更為深化、內化了。在時間的耽延之中，痛苦漸漸轉為悲戚優美。這部作品的年份一直提醒著我，那悲劇的鍛造過程，或許重疊著小說家在戰後日本社會中的所感與體會。塑造出這部作品的藝術性的，是使二十世紀歷史剛剛走過巨大的悲劇、而還在繼續向前繼續滾動的，那些動態的力量。

往往我們在博物館、美術館裡，看到的只是留在這世間完美的藝術品。但使這些靜止的藝術品之成為可能的，也正是歷史中存在過的各種動態力量，其間交互的牽引。我想起我隨著妳的課堂參觀去看到的非典型青花，那些展櫃裡靜態的物，背後都是看不見的動態交流。當時技術和文化的歷史情境已經過去，卻會有線索留在器物身上。因此我挺羨慕，看著妳像是偵探探案一般，從文物解讀歷史的線索。

如果能容我再加上一點個人的感觸，則我在想，一件完美藝術品之成就，或許也就像川端康成《千羽鶴》成書的過程；甚至，更大膽點說，就像我們自己的生命史，就像歷史上所有活過的人一樣。我們也都是歷史中的人，都面臨著不只一種的動態力量的拉扯牽引，無論最後是否留下姓名和事蹟，最終也是活成一種動態中的平衡。或許這就是藝術與歷史，一直在告訴我們的事：在那動態之中，能有永恆寧靜的藝術品。

施靜菲：

我不得不再次提到，惠菁真的很能抓住藝術史家的關懷重點，能夠從博物館、美術館中靜態的藝術品，洞察到背後看不見的動態交流。是的。近年來藝術史學科的物質文化轉向，就是受到人類學相關討論的啟發。其中一個想法就是，物品像人一樣，也有生命史。過去對於藝術品的討論，大多集中在創作的過程。現在我們會考慮的，不只是物品實際製作本身，還包括了製作者設想該物品使用者需求而做的種種考量與設計，物品從誕生（被製作出來），到流傳於市場、收藏家之間，它的生命不斷地延續與流動的整個歷程，一直到進入博物館為止。不知道大家記不記得《玩具總動員》這部的電影中，玩具們很怕進入博物館，因為一旦進入博物館，它們就會脫離原來的作用（生命），變成靜態的展示品。

另一個相關的論述，是「文化藝術史」（cultural art history）的說法，將藝術品的製作（making）視為是一個歷史事件，留在藝術品形式與物質中的種種線索，都等著我們去發掘與研究，經過藝術史學家抽絲剝繭研究，可以將該物件的時空座標找出來，並以此為基礎進一步探討、闡釋它所蘊含的文化意義。

因此，惠菁提到我帶學生一起策畫的「非典型青花」特展，就是很好的例子。面對一件件非典型（非中國景德鎮製作）的青花，經過同學們的研究，辨識出它們的產地與時代，有雲南的、越南的、日本的、台灣的、荷蘭的青花，有十五世紀的、十六世紀的……，也有二十世紀的。再進一步將它們放入適當的歷史脈絡中，多方觀照討論它們的流通、模仿、交流、競爭與創新等背後精彩的故事。

我們終將找到直視事物核心的方法

張惠菁：

我們談了很多書裡、展覽空間裡、課堂裡的體會。但我知道妳也會實際去走訪許多藝術史的現場，有一次聽妳說過，帶學生去走朝鮮的陶工被帶到日本的旅程。聽了真的是很羨慕！請再說說這些特別的旅行。

施靜菲：

「現場」對許多研究或事物來說都是非常重要的，我僅就自身的經驗跟大家分享。

最常見的研究考察旅行，是你已經有很確定的問題，要去確認實物或現場，或是某個重要的考古遺址或特展，遺址或展品本身就是被實際考察與觀看的對象。每年秋天日本奈良國立博物館固定展出的正倉院文物展，輪流展出日本奈良時代（八世紀）傳世至今的珍貴典藏品，是對東亞藝術有興趣的人必定朝聖的展覽。即使你可以在圖書館看到這些作品的圖版，或者在網路上看細節極為清晰的高階圖檔，親眼見到這些作品的經歷，還是無法被取代；除了本身的物質特性外，還有空間感的問題（例如尺寸大小、比例），以及與周邊環境的有機關係（例如燈光、展示櫃等）。

記得當年藝術史研究所的入學考試，我最沒把握的西洋藝術史科目，考了這樣一個題目：「請就達文西的蒙娜麗莎這幅畫，提出三個藝術史的問題。」這是大約二十年前了，當時資訊沒有現在這麼普及。我心想，都還沒入門，如何能想出三個藝術史的提問。不過還是只能硬著頭皮作答，記得我寫到：「去年暑假，我到歐洲自助旅行時，進到羅浮宮參觀，沿著指標想一睹鎮館之寶，達文西的蒙娜麗莎肖像畫，走著走著，指標竟然不見了。代表我已經走過頭了，轉身折回後，看到一群人擠在一張小畫前面，啊！那竟然就是鼎鼎有名所謂的蒙娜麗莎肖像畫，跟我想像的差很大。在電視上或書上看到的蒙娜麗莎肖像都經常是滿版，所以以為是一張大畫，不小心就錯過了」。在我們的生活中，經常受到各種媒體的誤導或扭曲，對許多事物的印象都有一些既定的成見，例如一般人也以為故宮博物院裡面的翠玉白菜像月曆上的那麼大，到故宮一看，只有十多公分那麼大，我在故宮工作時還曾接到觀眾質問，是不是展出翠玉白菜小型複製品，讓人啼笑皆非。

多年後，我回想，當年答案卷上的這一段應該幫我加了很多分（不管後面三個問題問得如何），否則我也不可能意外地跨過當時擠破頭的藝術史研究所門檻。其中一個重要的原因，就是「現場」的重要性，而且這個個人本身「現場」的體驗，不但是獨一無二，還是無可取代的。

後來到學校教書後，一定會在課程中安排學生到故宮、鶯歌陶瓷博物館參觀，讓學生親見實物來學習藝術史。但是因為教授的課程是東亞陶瓷文化史或東北亞藝術史，覺得應該還要帶學生到日本、韓國去進行移地考察（當時故宮南院還未開館，台灣這方面的展覽或典藏極為有限）。為了讓考察更有焦點，我通常會先擬定一個特定的主題，以這個主題來準備相關資料及設計路線，或者反過來，已經有必看的點，找出它們的相關性後，再加以串聯及重組，形成一個主題。這跟策劃一個展覽的經驗也很像，而且，目的都在能夠讓參與者從中獲得最大的收穫。目前為止，我已經籌劃過如「朝鮮陶工到日本」、「清兵入關」、「神聖羅馬帝國的奇品收藏室」等路線的主題考察，行程內容都很緊湊充實。有的主題名稱聽起來很搞笑，我也沒問過學生參加後的感想（應該都會客氣回應，沒有說真話），但我自己在籌備過程中得到很多樂趣。惠菁應該是聽我說過陶工的那一次吧。那次安排大家從韓國的釜山港搭郵輪，在船上過夜，一早抵達日本福岡，原本在當天還排滿了行程，他們告訴我大家都在暈船中，最後只看一個博物館就結束當天的行程，是不是很真實？有些還在計畫中的口袋名單，例如「東海道五十三次」（浮世繪畫師歌川廣重的名作之一，描繪日本舊時由江戶至京都所經過的五十三個驛站景色）、「名所江戶百景」（也是歌川廣重的浮世繪作品，描繪東京的昔日名勝）。因為時間關係，都還是紙上談兵。

雖然說讀歷史的人也因為研究或其他原因到這些現場去，但是藝術史的重點可能會有一些不同。我印象很深刻的是，當你到法國南部的普羅旺斯時，看到小徑上一整排的柏樹，你可能並不是因為它們是自然風景而停駐下來觀看，而是認出，啊！這就是梵谷畫筆下的扁柏，彷彿眼前的事物都隨著梵谷的粗獷筆觸而騷動起來。這是看過這張畫的人，才會有的體悟。我們因為畫家的眼睛，而看到了生命中的這一幕，而自然風景因為畫家的畫筆讓世人對它們有了新的體會。就如羅丹提示的，所謂大師，就是這樣的人，他們用自己的眼睛去看別人見過的東西，在別人司空見慣的東西上能夠發現出美來。這是很奇妙的歷程。就像是文學家的筆，寫出我們沒想到的那些體認，或能用文字寫出我們無法形容的體認一樣。所有華人讀者，走到劍橋大學的康河畔，自然而然都想到徐志摩的再別康橋。或說現在劍橋街上的華人遊客，大多都是為了看徐志摩筆下的康河而來到劍橋。不過我很好奇，文字與圖像、物質可說是兩種不同的介質而已，藝術家與文學家同樣帶領我們到一個原來無法到達的境地。又或文學與藝術有不同的迫力呢？

張惠菁：

對，文字是介質。我非常同意這點（我想我不是那種把文字當成藝術的本身在雕琢的人，可能也是個人能力不逮吧）。對我而言文字是介質。藉著這個介質，我們思考、感受、溝通、傳遞一些事情。如果介質阻礙了感受事物的能力，那就該要檢討一下了，是否有買櫝還珠之嫌。在當今這個網絡時代，我想我們都已深有體會：語言、文字是非常強大的工具，漫不經心下使用的語言文字、其中埋伏的成見能刺傷人，也能讓整個社會像在莫比斯環裡繞圈空轉，難以前行。正因我是普通人，深受這種無效語言的疲勞流轉所苦，因此在我覺察力所能及的範圍，會經常提醒自己，好好辨識所接收到的資訊：哪些是有效的語言，哪些不過是成見的重複。

有一個在網絡上流傳很廣的著名演說，叫做「這就是水」（This is Water）。

這是美國作家大衛・瓦歷斯（David Foster Wallace）在二〇〇五年對Kenyon College畢業生做的演講。瓦歷斯本人已經在二〇〇八年自殺身亡了。但這個鼓勵、提醒畢業生獨立思考的演講，網上有許多是聽眾自行配上畫面與字幕的版本在流傳。這個演說的開頭是這樣的：一天早上，有三條魚碰在了一起。其中一條魚對另外兩條魚寒暄說：「小伙子們，早。水怎麼樣？」那兩條魚又往前游了一段，其中一條才回頭對另一條說：「到底什麼是水啊？」瓦歷斯用這個開頭來告訴我們，當我們完全地浸泡在一種價值觀之中，我們是不會意識到它的存在的。

我們的社會，就是水。我們的文化，就是水。但「水能載舟，亦能覆舟」也是對的，水時時在改變。讀思想史或說生活禮俗史，會不斷地看見，某個時代普遍性的想法，在另一個時代是不存在的思路——這樣的事情，一直在發生。我們像魚一樣生活在「水」裡，而「水」一直在變化。

文學經常能幽微地體現那些「不可言說」，讓人意識到「水的形狀」。那些我們分明置身其中，卻不知如何描述、無法發聲，甚至往往因為無法發聲，也就不知如何感受的事物。我最喜歡的那種文學，它的美、它的藝術性，不來自它自己。而來自它作為介質時的「薄」與「透」。使用的是文字，但讓人看見的不是文字自身，而是指向了那些「不可言說」的事物。這樣的文學作品與閱讀經驗，一旦發生，就會帶起一種水質的變化。它不直接說道理，而是讓人有一種曖昧的共鳴。有什麼從那幽暗的、不可言說的疆域，被帶過來了。共鳴的就是那沒有形狀的東西。文學可以是這樣幽微的帶領。比起這世上其他更為理直氣壯簡明易懂的道理和光亮，它是微明。因為微明，所以重要。

你所描述的「現場」旅程非常迷人。這裡似乎回到了我在第一週提起的問題——去年我從北京回到台灣後，所感受到的脈絡迷失，與對當下議題重要性的尺度、真實的意義，感到難以掌握的問題。我們所處的是這樣一個時代，資訊的普及，與迷失的感覺，竟然總是肩並肩地來到。但這不表示我們不需要資訊（我們回不去的）。我們或許更需要好好作為「自己」去經歷，深度的、特別的、直接的事物，來補充那些經常過於平板化標籤化，過於淺層的資訊。

當我們真正站到蒙娜麗莎、翠玉白菜的面前，而第一次意識到那些在月曆上、在媒體上被放大的它們，並不是真實的。當我們意識到，在「明星展品」的標籤與流傳的照片之外，還有更多認識它們的路徑，是不那麼扁平，不那麼明顯，不那麼Google就有的；有些甚至是隱藏的，需要寤寐求之的；會在十年，二十年之後才忽然明白的。如果明知有這些路徑與可能，卻不去探求，不去體驗或研究，不去發現世界隱藏的一面，則我們永遠不會知道「什麼是水」。

張惠菁：

前陣子有一期《藝術家》雜誌上報導，今年歐洲的幾個當代藝術展，不約而同以「離散」為主題。當今歐洲受到中東難民湧入的衝擊，難民的「離散」是正在被經歷的事。許多當代藝術家選擇以藝術作為一種思辨的方式，面對這個動盪的「新離散時代」。

我們在台灣的處境，略有不同。二十世紀的台灣，中國，乃至亞洲，都經歷過一場大動盪，大離散。從台灣成為日本殖民地，島內的原住民與漢人，在殖民統治、經濟秩序的支配下遷徙。到大量的日人遷徙到台灣，在戰敗後又再度遷徙，包含在台灣出生的一代「台生」日人離開其出生地而去。到一九四九年來自中國大陸的大量移民來到台灣。整個二十世紀的前半段，亞洲都在一種劇烈流動的狀態，人群在尋找著依止，帶著不安定的記憶，於衝突之中尋找居所。近代化付出巨大的犧牲，但在當時卻未必能看見其他的出路。漢娜鄂蘭說，人類必須學會生存在一個越來越小的世界裡，學會與他人共享這個世界。

那個時代，不覺已過去七十年。比起此時正經歷「新離散時代」的歐洲，我們是已經步入「後離散時代」。然而「離散」不只是一種地理空間上的狀態，還包括精神上的感受，一種「安頓」、不再流浪之感，在活著的有生命力的文化脈絡中得到養分。這是一道文化的（而不只是政治的）題目。

幸而我能看到的是，我身邊有你，還有許多人文領域跨學科的學者、老師，都已經不約而同地，在以重建或生出可生長脈絡的方式來看待文化。這種站在此時此地，建立可生長脈絡的思考方式，或許可以稱之為「後離散」。村上春樹有個著名的演講說，在高牆與雞蛋之間，他選擇站在雞蛋那一邊。而我想說，後離散時代的課題，是跳脫零和遊戲的邏輯，站在生長的樹苗那一邊。讓樹苗生長，終有一天帶來比高牆更高的眼界，從不一樣的高度上，解決一度沒有出路的問題。

施靜菲：

後離散時代的概念與我們這一代要面對的文化課題，很有意思。如惠菁所言，二十世紀前半段，亞洲都在一種劇烈流動的狀態，來自四面八方的人群，不論在身體上或心理上，都處在一種漂泊、不知道哪裡是真正居所的不安定狀態。而前代人的經歷與努力，讓我們逐漸有了脈絡的依靠。人文學科在台灣的建立，不也是前人種樹，現在開花結果的歷程。建立起溝通的橋樑，分享豐碩的果實，似乎也是我們責無旁貸的任務。更直白的說，人文不就是要以人為本，從對人的關懷出發。

回到前面所說的，因為親身經驗「現場」的重要性，遂籌畫主題式的考察旅行，而這個過程就與策劃一個展覽非常類似。去年我利用藝術史研究所的亞洲及歐洲青花藏品，搭配圖書館的相關書籍，帶學生一起策劃了「非典型青花特展」，在台大圖書館大廳展出。這個出現在大學圖書館中的展覽，也可以說是一個「現場」的概念，這個「現場」不用跑很遠、不用搭飛機，它就在大學的圖書館中，是你我都可以輕易到達的距離。

參觀人數，很多時候只是一個帳面上的數字（我們其實沒有統計），重要的是觸及人心的回饋，除了特地來看展的專家及朋友外，給我們最大信心的其實是不經意路過展覽的讀者（進圖書館必經大廳，因此不須刻意就會進入我們的展場）。你們途經展覽留下的感人留言，告訴我們意料之外看到的青花瓷帶給你們的衝擊與啟發。我真的要感謝這些圖書館中路過的路人甲和乙，因為你們的積極回應，這個青花特展將成為巡迴全國大專院校圖書館的活動（今年已經啟動首站：國立台北大學圖書館），「現場」有時候可以不用到遠處去尋找，「現場」可以就在你我的身邊。

我相信，在現階段的台灣，對文化與藝術有興趣的人真的很多，鼓勵大家打開眼睛與心靈，直視事物的核心，解讀蘊含在文字、圖像或形式內在的真，這個真，就是美。而人文就在其中。

二〇一八年九月《聯合副刊》「文學相對論」

輯三

時間裡的人

對這個世界，愛與傳遞的區塊鏈

在讀完《愛這個世界：漢娜鄂蘭傳》之後的有一天，我到書店去找雅斯培著作的中譯本。但是它們都絕版了。我也到賣簡體字版書的店裡去問了一下，同樣沒有。這個名字，大約也很久沒有被問起了。書店主人說，有些書很可能就是不再有人讀了。可能。我讀高中的時候，有過薄薄的一本小書，雅斯培《論教育》。是社團學姊推薦的。當時我所接觸到的那個同齡高中生的圈子裡，許多人都有那本書。它後來在我的幾次搬家中，和其他書一起被送走了。我現在一點都記不起讀到過的內容。

《愛這個世界：漢娜鄂蘭傳》的作者，是伊莉莎白・揚布魯爾。她是漢娜鄂蘭的學生，雅斯培是她的「師祖」，也是她博士論文的研究主題。漢娜鄂蘭既是漢娜鄂蘭，也是從雅斯培到揚布魯爾之間，居中的串起者。在思想的珠串裡，每一顆珠子都既是獨一無二的，也是承先啟後的。既是作為自己，也是為了另一個人；既是為了繼承、發揚、轉化，甚或收束那另一個人在這世間的意義與遺留而來到，也是讓自己被繼承、被發揚、被轉化，乃至被收束而離去。那本我再也找不到的雅斯培，或許就是不需要被找到的：或許以閱讀伊莉莎白・揚布魯爾所寫的鄂蘭傳，來繼承我當年試著想讀懂的雅斯培，是合適的——當然，這只是個比喻而已。

我想說的是，雖然漢娜鄂蘭的名號如此響亮，著作的影響如此之大，但這一切不只是關於「她」這一個個人，而是關於「傳遞」。這是一個像區塊鏈般，將人在世上所經歷，所思考，所獲得的經驗與價值，作為數據一直一直傳遞下去的故事。一個關於歷史也好個人也好，所有發生過的一切的總和的悲喜劇；無論我們知道或不知道，接受或拒絕，自有其意義與價值流轉之道。所有的寫入都會被封存，從中理出的智慧都會被傳遞。《愛這個世界：漢娜鄂蘭傳》，即是由伊莉莎白．揚布魯爾經手傳遞的一則「漢娜鄂蘭」區塊鏈。在她之前，雅斯培也曾寫過鄂蘭。他們兩人都不是把鄂蘭作為理論或學說來認識，而是作為一筆極為重要的「人的數據」來挖掘。這筆數據，也就是鄂蘭這一生所經歷與所思想，對雅斯培，對伊莉莎白．揚布魯爾而言，各有其必須為時代取出的意義——那也是基於他們，對這個世界的愛。

漢娜鄂蘭的一生深受第二次世界大戰與納粹對猶太人的屠殺所影響。她是一位戰前出生在德國漢諾瓦、成長於柯尼斯堡的猶太人。在她的成長過程中，納粹越來越得勢，周遭反猶的壓力越來越明顯，她所生活的猶太人圈子就像是個壓力鍋，在不安的氣氛中朝向內部緊縮。早年對海德格的痴戀、作為猶太人深陷於一場集體的流離失所中、離散到美國摸索著在一種截然不同的文化裡生活……，這些，都像是狂風暴雨的暗夜從四面掩來，而鄂蘭的一生必須學會在這樣的暗夜裡思想、尋找方向。舊的世界已經被推倒，傳統失去了效力，她面臨的是前所未有的人類處境，她個人的棲居地像沙粒在腳下不斷被大浪捲走，是在這樣的情況之下她思想，而寫出了那些照破黑暗的著作。

伊莉莎白・揚布魯爾在前言中有一段非常關鍵的，對「為思想家立傳記」這個行為的自我反思：如果思想家已經寫出了「思想」，為她立傳為什麼仍然重要，和思想家自己的書寫又有什麼不同。揚布魯爾寫道：「來自個人著作的亮光直接照進這個世界，在作者過世後仍持續不滅。它是明亮還是微弱，是短暫還是長久，都得視世局和世道為何。後人自會判斷。來自於個人人生——言辭、舉止和友誼——的亮光只能存留於記憶中。如果它要照進世界，就必須寄託於一種新的形式，紀錄或留傳下來。那個故事，得從很多記憶的零碎片段中構築起。我講述的鄂蘭故事，參考資料來自書面文獻，以及認識她且仍在世的人們。她所處那個歐洲世代的歷史，以及我們這個黑暗的時代。這不止是她個人故事的背景；她的故事折射著那個時代，她的著作也是為了理解那段歷史。從本質上來說，傳記聚焦在個人的一生。但它在背後假設了，個人的一生儘管只是更大歷史的一小部分，卻是要交付後世的。後世可以對這段人生作出判斷；傳記作者要判斷的，只在於是否該將這個人生故事說出來。」

伊莉莎白．揚布魯爾很清楚地看見，漢娜鄂蘭的著作，是鄂蘭奮力理解她所處時代的嘗試。因此即使鄂蘭思想的光亮已經照破黑暗而出，但去理解那黑暗的形狀，仍然十分重要。書寫鄂蘭的傳記和她時代的歷史，正像反覆對照光與黑暗之間的關係。而去看見光的折射、光受到遮擋與穿透的路徑，正是觀看黑暗最佳的方式。我想這才是真正的「繼承」。所謂繼承不是重複上一代說過的話，而是去看清包圍著他們的黑暗，將那黑暗帶到光亮的領域裡來，以便可以往未來傳遞更完整的智慧。這也是對鄂蘭的信念之中，那種溫暖的部分，最佳的繼承。鄂蘭不是那種遺世而獨立的思想家，她相信一種互為補充，照亮彼此的可能。用鄂蘭的話說：「即使是在最黑暗的時代，人們還是有期望光明的權利，而光明與其說是來自理論與觀念，不如說是來自於凡夫俗子所發出的熒熒微光。當眾星火看見彼此，每一朵火焰便更為明亮，因為它們看見對方，並期待互相輝映。」

如同她的信念，或許正是因為這樣的信念，漢娜鄂蘭一生雖然歷經離散，卻擁有難能可貴的豐富友情。她的光亮輝映著朋友與家人，朋友與家人也輝映著她。她不是那種孤獨的天才，即使她不怕與眾不同、不怕力排眾議、不怕得罪猶太同胞，思想上的不輕易妥協，也仍然是出於對世界的愛。她在紀實報導艾希曼大審時，提出「惡的平庸」，以她親眼在法庭上的觀察，指出艾希曼不是邪惡的魔王，只是個沒有思考能力的平庸官僚。之所以會發生如此驚人的屠殺，是許多人對納粹體制配合的結果，而配合者不只包含艾希曼，也包含了一些猶太人的領袖。這個說法掀動了猶太人的傷口，但她堅持這樣說，將她所理解到的人類歷史經驗說出來留給這個世界。這樣做不是她不愛她的猶太人同胞。是愛的，是將他們放在更大的世界裡，更平等更廣博地愛。

我們這個時代，雖然沒有一個有形的納粹作為黑暗籠罩在我們四周，也不表示我們能夠更清楚地看見前路。舉一個例子，鄂蘭看到的「中產階級個人主義」中，有一種「與世界的疏離」，是無論一個人屬於哪個階層，都發現自己不擁有和他人共同的利益、共享的世界。這在今天聽起來，不是也很熟悉嗎？只是那疏離感已深入骨髓，以致於我們都傾向認為，那些是「個人」的問題。

再舉另一個例子，由於猶太人在以色列立國的議題，使鄂蘭必須思考，怎樣跟不同民族建立起新的共存和共享關係。她著眼的不只是表面的解決方案。她看到的是未來全人類都要面對的問題是「怎樣組織一個不斷縮小的世界」；這個世界的「現況」，有許多是十七世紀以來歐洲向海外擴張、帝國主義留下的問題；而此時已不能再基於種族去區分和思考，出路是「有關人的一種新概念的問題」。

我舉這些例子，不是只想為鄂蘭思想的超前性拍拍手，是想提醒自己，我們離鄂蘭在她的時代裡所看見的挑戰，並不太遠。每個時代都有黑暗的存在。眼下我們視為理所當然的一切，實際上是我們未能看清的、籠罩在我們生存方式之上的黑暗的形狀。而鄂蘭的一生，那個揚布魯爾著力去描寫、以交付於後世的鄂蘭的人生傳記，就是一盞留給這個時代的燈。在這本傳記裡，我們會讀到鄂蘭的選擇。即使在最黑暗的時候，也要為自己做出選擇。那個選擇雖說是為自己而做，卻不可能只是個人主義的利己（那反而是障目的），而是與他人「分享這個世界」（如此才能照亮）。此外我還想回到文章一開始所說的「傳遞」，雅斯培、漢娜鄂蘭、揚布魯爾這三代師徒所做的，不只是與他們活著時的當代人分享世界，也是透過他們對一個具體人類的經驗（鄂蘭的人生）深入挖掘意義，而往下傳遞線索，而與我們這些時間中的後來者分享世界。那麼我的選擇，是什麼呢？即使，只擁有凡夫俗子的微光，怎樣與他人分享世界，輝映彼此呢？這是這本書留在我心裡的問題，但不是一個令我焦慮的問題。相反的，這樣的問題，也就是答案。

時間的作用力——《千羽鶴》與《山之音》

星期六的下午，我坐在新竹公園前的大階梯頂端。山坡底下，「小事製作」正在舞台上演出和觀眾互動的即興編舞。天氣涼爽，太陽日照的角度正在偏斜，一種金色籠罩在公園的綠樹和土黃色調的石牆與路面上。再過一會，天邊就會有晚霞了。

舞台邊正進行著小型假日市集。攤位前人來人往，但是我一直會看向帳篷後那幾棵長得很高的黑松，是日治時代栽種的樹。樹形很好看，樹冠平伸相連像一座高大的涼亭。有這樣的大樹在公園裡，是時間的禮物。

事實上這整座公園，都是時間的禮物。公園已經有一百年的歷史。麗池是日治時期修建的，池畔的玻璃工藝館最早是「自治會館」──日治政府的招待所，曾經來過這裡的人，包括裕仁太子（後來的昭和天皇），和許多高級官員。池畔還有日式料亭等建築群。一個流傳的說法是，在太平洋戰爭的後期，神風特攻隊赴死之前也會來到這裡，得到這殘酷世間所能給予他們的最後的招待。我的朋友說，他在新竹念書的時候，麗池的狀況很不好，水質發臭，騎車經過只想憋著氣飛速逃離。台灣很多地方的河川湖泊都是這樣。經歷過一段時期被忽視，又重新被發現，被整理，人們又去靠近。這也是歷史的一部分。

今年在閱讀上的一大意外收穫，是川端康成的《千羽鶴》。我第一次讀到《千羽鶴》的續篇：〈波千鳥〉、〈春之目〉、〈妻子的心思〉。這次完整收錄續篇的新譯本，是中文世界的第一次授權。林水福先生撰寫的導讀裡，提到川端康成在一九五三年寫的《千羽鶴》後記曾經預告會有續集：

「《千羽鶴》到〈二重星〉，前集結束；還有續集。即《千羽鶴》以太田夫人及其女兒文子為主書寫。千羽鶴包袱巾的稻村由紀子不好寫，沒寫。作為遠景。

續集以由紀子為主書寫，打算將文子當遠景。」

三個月後，《小說新潮》開始連載〈波千鳥〉。

《千羽鶴》是一個關於「業」的故事。上一代不倫的關係牽扯，在下一代的心中留下了陰影。雖然看起來好像有別的出路，但各種因緣所繫的場景、與物件，不斷喚起記憶，使當事人一再一再地受到牽引，一再一再地離不開上一代種下的因。

因為是這樣的一個故事，「有續集」的意義格外重大——原來，川端康成讓「時間」繼續作用了啊。故事被給了更多時間，讓「下一代」的情感狀態繼續變化。環繞著那些一時解不開的因，一次又一次繞行。一次又一次，繞行的軌道好像遠一點了。這一次似乎可以脫離重力了。但看不到的新的牽引又朝向著什麼方向？新的重力中心是否正在宇宙中生成？活著究竟是一顆漂泊的行星還沒有意識到自己的軌跡，還是只不過是一顆隕石朝向宇宙邊緣飛去？

三谷菊治的父親是一位茶道老師，和弟子栗本千佳子發生過關係，但很快結束。後來又和另一位已故茶道老師的未亡人，太田夫人發生感情。菊治的母親雖然都知道，但只是溫和地隱忍。倒是栗本千佳子，或許出於嫉妒，打著替菊治母親出氣的名義，不依不饒地對太田夫人施加壓力。太田家年幼的女兒文子，目睹千佳子多次到家裡來，指責母親為壞女人的場面，在心中留下了無助而罪惡的陰影。

菊治的父母親過世後，千佳子作為菊治父親的門生傳人，仍然經常出入菊治家茶室。她為菊治安排了相親，對象是美麗的稻村由紀子。菊治始終記得，初次遇見時由紀子時，她手裡拿著千羽鶴的包袱巾——這個視覺上美麗的印象，往後一直在菊治心裡留著個線索。但是相親茶會卻被意外的插曲給岔開了。

在不知有相親安排的情況下，太田夫人經過茶室，帶著女兒文子進來了。結果，是菊治與太田夫人的相遇，決定性地介入了那次相親。菊治與夫人在離開茶會後就發生了關係。上一代過去的事，又被賦予了新的能量，時間輪迴了。

往事一直被回憶，被談論，或許也是在被整理。太田夫人，文子與菊治三個人，當年是在不同的位置上，共同經歷過、受到過菊治父親不倫戀的影響。太田夫人是戀愛的當事人。文子是失去了父親，又因母親的不倫受譴責、自卑、內心孤獨地負著罪，卻又無法不同情母親，並且也受到菊治父親關愛的女孩。菊治似乎在道德上最無辜，但他令太田夫人一見就想起了父親，他也是當初年幼的文子心裡曾想過，被母親破壞的那個家庭裡的孩子。菊治的父親已經過世了。但這三顆行星，還繞行著父親消失之後留下的黑洞。

《千羽鶴》的故事就是這三顆行星被重力牽引的軌跡。千佳子在其中的操弄，幾個與回憶有關的茶碗，也造成引力層層疊疊地加強。小說一開頭，拿著千羽鶴包袱巾的美麗的由紀子，就像是沿著一條平行線，和這被牽引的三人擦肩而過——看似接近，終究走不到身邊，是一個「彼方之人」。

故事很悲傷，上一代業力很強，超脫似乎是沒有指望的。《千羽鶴》寫就於一九四九年，日本戰敗後不久。川端康成在寫的時候，對時代的氛圍必定是很敏感的吧。歷史現實中的日本，背負發動「戰爭」的記憶而前行。在《千羽鶴》的小說裡，菊治和文子背負的，是上一代的「愛」。這「愛」沉重得很，伴隨著罪惡感、悲觀、無助，認定自己不值得幸福的預想。特別是在文子身上。而菊治作為文子如鏡像般的對方，共同回憶，互為印記，兩個人都走不出引力。最後以文子不告而別出走，為前篇的結局。

後篇的開始，讀來完全像是另一個故事了。正是川端康成計畫中的：「續集以由紀子為主書寫，打算將文子當遠景」。〈波千鳥〉從菊治和由紀子的新婚旅行寫起，畫風一變為明朗得多。從後面的段落我們才會知道，在文子不告而別一個人去旅行後，菊治曾經瘋狂地尋找她而未果。

當菊治與由紀子共組了新家庭，一切似乎有了新轉機。由紀子和菊治家的上一代情感牽扯毫無關係，婚姻沖淡了菊治原生家庭的影響。由紀子單純，但也很堅定。她娘家的人也都非常理性，都不是會被栗本千佳子操控的角色。故事讀起來有一種新風，好像有一種幸福的可能開始出現。但文子的行蹤仍然隱隱牽引著菊治。過去的影響，說不出的悲傷，一直都在。菊治是個落水者決定暫時停止掙扎，先藉日常家居生活的浮力漂浮一會兒。但在那家居生活之外，總是有「遠景」。「遠景」會在什麼時候，以什麼方式，又在目前的生活裡投下影子？誰也不知道。

故事就停止在這裡。過去的「遠景」是不是會再逼近，和近景再一次交換位置？在續篇的最後一個短篇〈妻子的心思〉最後，川端康成曾留下「未完」兩個字，但直到他過世之前，並沒有續篇再問世。

從時間上看，川端康成《山之音》的寫作，或許是和《千羽鶴》重疊的？《山之音》和《千羽鶴》相反，是以上一代人來包容下一代人痛苦的故事。尾形信吾一家人之中，兒子修一上過戰場。戰時經歷對兒子發生了什麼影響，信吾無法知道，但看著兒子平日像石頭般封藏著自己的情感，偶爾在情婦家喝到大醉而歸。在小說中出現的，和修一同一代的人，男男女女，都是因戰爭而不幸的人：失去男友和丈夫的單身女子，承受丈夫戰時傷痛的女人。故事裡的老人家信吾和保子，生活在這些身負創傷的年輕男女之中，過著他們的老年生活。時間在日常的共處中發生作用。年邁的信吾，有時會聽到夜半傳來的山之音，像海浪，或像遠方的風聲，但有一種來自地底的力量。他懷疑，或許是死亡接近了。但我想，或許他是聽到了在痛苦中掙扎、無法言說的下一代，他們集體潛意識的聲音吧。

然而時間漸漸發生了作用。故事被引力牽動著來到新的平衡。時間繼續在走。

那時的不知，才是珍貴的

讀《尼克亞當斯故事集》我受到了衝擊。這個衝擊叫做：「海明威不是我以為的海明威。」

然而因為今年已經有「川端康成不是我以為的川端康成」的衝擊，我自認再來個海明威也是可以承受的。就這樣，在一種半是「誰怕誰」的賭氣，半是「真的假的」「或許後面就沒那麼棒了吧」的，莫名其妙看衰大文豪的心態中，我讀完了這本短篇小說集。幾乎是一整天，完全沒有停下來地讀。讀到〈最後一方淨土〉我已經改變態度，讀到〈遼闊的兩心河〉我已經完全被他收服。

放下書後我開始回想，在此之前，是什麼影響了我對海明威的印象？我在大學時候讀過《老人與海》，還寫了學期報告。我在高中時候可能擁有過一兩本遠景或是志文出版的海明威作品集，但它們都沒給我留下深刻的印象。海明威的長篇小說，改編成的電影很有名，和小說相伴出現的，經常是好萊塢劇照，帶點「亂世佳人」時代氣氛的。或許，就像海明威在「關於寫作」這個短篇裡說的：「那些電影毀了一切。就像在談什麼好東西一樣。就是它讓戰爭變得不真實。談得太多了。談任何事都不好。寫任何真事都不好。永遠會扼殺那件事。」那些對他作品的「再現」，流傳印象過於強大，超過了作品的本身。而海明威這個人生平的戲劇性，也像是電影裡的人，益發強化了那不真實的印象。實際上，那些離他和他的作品很遠。是的，我認為，很遠。

《尼克亞當斯故事集》收錄海明威生平寫作中，以尼克亞當斯這個人物為主角的故事。這個角色，頗有點自傳色彩。二十四個短篇故事，按照時間排序，大致能連貫得起來。雖不是按流水帳說事，也算是覆蓋了尼克這個人的前半生吧。這是一個在美國，靠近山林湖泊的地區出生、成長的少年，與他從出生地走往更大世界的故事。海明威幾乎只寫尼克眼睛看得到的範圍的事。小說中沒有全知觀點。不知道眼前會通往何處，此刻將連到多久以後，世界將止步於哪裡。這些問題，即使後來的海明威已經知道答案，他卻還記得尼克初出世界茅廬時的「不知道」。他是為那「不知道」而寫。彷彿他對那「不知」有一種深沉的愛，一種鄉愁。

在開頭的幾個故事，我們已經稍稍看到尼克生活的小村鎮，即使如此靠近湖光山色，卻有一種殘酷內在其中。那不是傷春悲秋的世界。酗酒、賣淫、疾病、貧困、仇殺，與自毀，各種大寫的硬核的生活裡的嚴峻。到了〈最後一方淨土〉這個短篇，這個嚴峻來找上尼克了。他違法狩獵和買賣成了嫌犯，有人告發了他。有關單位查上門來，他不在，他的妹妹給他通風報信，村裡人也幫忙掩護，讓他往山裡躲一躲。於是少年尼克帶了魚竿和獵槍躲進山裡。妹妹年紀雖小，卻頭腦清楚地意識到，萬一尼克被追捕者發現了，他很可能在拒捕時誤殺對方。一旦殺了人，他的一生就再也不一樣了。為了不讓尼克殺人，她不肯回家，要寸步不離地跟在尼克身邊。海明威描寫的山中野營生活是如此充滿魅力，就像是個非常適合拍成電影，有童星擔綱的歷險記（他應該不會同意）。讀著我幾乎忘記這對兄妹其實置身險境。妹妹小不點多麼天真爛漫，還像出門郊遊一般。少年尼克是個好兄長，感激妹妹想保護自己的初衷，無微不至地照顧著她。其實尼克心裡一定知道，他一定是比妹妹更多一道清醒地意識到：回不去了。

下一個章節就是〈跨越密西西比河〉。前一章結束的時候，尼克在森林裡為妹妹睡前讀書（這時妹妹還天真地問：「我的年紀會不會大到不適合聽人唸書了？」尼克答：「不會。」「你會讀給我聽嗎？」「沒問題。」）。在這之後，翻到下一個章節，尼克已經離開了妹妹，離開了森林，來到密西西比河邊了。他在火車站前，看著來來往往的馬車。他想起棒球比賽，問了身旁的小販，得知白襪隊贏了比賽。他已經在一個更大的世界裡了。海明威沒有寫尼克是如何離開妹妹，來到這個大世界。但尼克在大城市、大河之邊的心境，他卻是幾道簡筆，寫得清清楚楚。兩篇之間，在時間線上有一次跳躍，是留白的。我認為他這樣處理離別，非常動人。在留白中，尼克告別了家鄉山林，告別了他的少年時代。世界如此之大，海明威就這樣描寫了尼克第一次看到密西西比河：

「馬路，電線杆，偶然出現的房子，以及平坦的棕色曠野，風景就像河水流動而過。尼克期待密西西比河岸的峭壁出現，可是在一條看來無止無盡的支流流過窗邊之後，他看得到窗戶外面，火車頭正轉彎走上一條長長的橋，橋下是寬闊、泥濘的一段棕色水流。尼克現在看得到遠處那端了，那裡是荒蕪的幾座山丘，近處則是一片平坦的泥岸。河水看起來扎實地向下游移動，不像在流，它動起來反而像一座扎實，不斷變化的湖，在橋墩稍微突出的部分稍微起著漩渦。當尼克抬頭看向平坦，一派棕色的水流緩慢移動，馬克．吐溫、哈克．芬恩、湯姆．索耶和拉．薩勒爭先恐後地湧出他的心頭。無論如何，我見過密西西比河了。他在心裡快樂地想。」

同樣是河，密西西比和前一個章節裡那條山裡的河（那條他去釣魚，為妹妹烤魚做晚餐的河〉，從各方面看都是不同的。海明威經由這段大河的描述，講出尼克已經來到了一個多麼不同的世界。或許，那也是海明威當年從出生地走出來，走到文壇上開始認識那些名人的時候，有過的心境。

尼克的世界還在繼續變大。接下來的一章，時間再度跳躍了。他在義大利，在一戰的戰場上。他和士兵對話，和軍官對話，聽著他們從自己的人生經歷（也是戰爭的悲劇）裡，想要化約出一些道理來，給他建議。後來他失眠。他停不下來地說話。這整個在異鄉、在戰場、在傷兵救護處的描寫，都仍然是非常簡筆的尼克視角，不寫他看不到或不在其中的事。即使戰爭本是在非個人的層次上被決定和推進，海明威還是守著尼克的知與不知。我們只會看到這一個士兵的戰爭。看到戰爭對尼克這一個人、在這一刻裡的摧殘。

如此就來到下一個篇章，這個故事集裡我最喜歡的一段：〈遼闊的兩心河〉，士兵尼克返鄉了。同樣的，沒有描寫過程，尼克已經在家鄉的土地上。小鎮荒毀，留有火燒的痕跡，「就連地表也被燒離了土地」。他往河流前進，在橋上，他開始看見清澈的河水，與河流裡的鱒魚，「在鱒魚移動時，尼克的心也跟著緊繃起來。過去的所有感覺都回來了。」

我想已經不需要再舉更多例子。這個故事集裡，一篇接著一篇，尼克從小鎮走到世界另一頭的戰爭，又回來。在家鄉的河流，接回了他熟悉的感官。戰爭中的經歷，得到了療癒。海明威大幅大幅地描寫尼克如何在山中行走，一個人，聽，和看，停下來開水果罐頭吃，生火、煮咖啡、釣魚、布置營地，等等等等。他沒有再寫前一章的戰爭。山用它更大，更完全，無聲而沒有褒貶的存在，讓尼克又再一次身在山中。

海明威在《尼克亞當斯故事集》裡的短篇們，讓我想起雷蒙・卡佛。雖然這兩位作者的人生經歷很不同，但我總覺得他們的作品裡，還是有些深層的事物共通。海明威活在一個戰爭、壯遊、冒險的時代和世界，他置身在兩次世界大戰和西班牙內戰的戰場裡，也曾飛行在非洲的草原上。他活了一種無國界的生平。雷蒙・卡佛的人生不是這種經歷，不是那樣的時代。因為有過那些槍林彈雨的經歷，海明威經常被認為是極度陽剛的。這也是我以前對他的刻板印象，或許阻擋了當年進一步去閱讀他的作品。然而這回我在《尼克亞當斯故事集》裡讀到的短篇故事，卻非如此單純。那些陽性的外顯的經歷，像碑文的陽刻，經歷寫作的翻拓，而後才成為文字。相比於他那些向外的經歷，他的故事是少言寡語的，陰性的存留。或許他之所以需要那樣地往外走，是因為要有足夠龐大的基數，才能供給他心中少言寡語的書寫。因此他在我心目中不再是一個陽剛的作者了。他是一個對自己寫作的行當，心裡太洞徹太明白，以致於必須不斷往更大的世界走去，獲得足夠大的基數，再回到有所不知的一個「有涯之人」的尺度與位置去書寫的人。在他的眼裡，那時的不知，才是珍貴的。

僅只是默默無聞而已

或許是出於機緣的巧合，或者巧合背後藏著有意的尋找，我從去年十月到最近，讀了兩本天文學家的傳記。兩本書中，都有天文學家和宗教法庭交手、訴訟的經歷，也都有他們和某一位女性家人深深的關係。

去年讀的一本，是《天文學家的女巫案：開普勒為母洗污之戰》。近日剛讀完的，是《伽利略的女兒：科學、信仰和愛的歷史回憶》。兩本都是簡體字版。

開普勒生於一五七一年，卒於一六三〇年，出生地是當時神聖羅馬帝國的斯圖加地區。一六一五年，開普勒的寡母凱薩琳娜·開普勒遭一位鄰人惡意指控為女巫。開普勒返鄉為母辯護，蒐證，盤問證人，出庭，都自己來，等於是母親的辯護律師。凱薩琳娜．開普勒本身的意志力也非常堅強，最終是贏得了訴訟，無罪開釋。

伽利略生於一五六四年，卒於一六四二年，出生地是佛羅倫斯大公國境內的比薩。我應當是在很久以前便買了這本《伽利略的女兒》。依稀有這樣的畫面：在一家獨立小書店裡買下它，時間是二〇一二年我在上海時。買後一直沒有讀，或是某次返家帶在身上想讀而未讀，總之，後來它出現在台北家裡的書架上。

去年底，我離開北京，回到台北。先把書架做了一次整理，處理掉好一批舊書。當時邊整理邊告訴自己，實在買了太多沒有讀的書了。有的書，是當時的流行，出於好奇而買，其實不會讀。有的書，是出於虛榮而買，以為能讀得下去，其實也不會讀。再有一些，其實是一時心理的依賴，一時覺得需要讀點什麼，一時有個什麼樣的空洞想填補。總之我清理出來幾大落的書，知道那些都不是我需要的。我告訴自己，此後，要準一點，要知道自己要什麼。

我把這本小書留下了。
五月初，我開始讀它。
伽利略有兩個女兒。這本書裡主要說的，是他的長女：瑪麗亞・切萊斯特修女。她在十三歲那年，和妹妹一起被送進修道院，等於由父親為她決定了這一輩子要過一種在物質上清貧，在信仰裡利他，與世隔絕的生活。她對這個命運似乎沒有異議。在修道院裡生活了十年之後，二十三歲那年，她的姑姑過世，她寫了一封安慰的信給她的父親。就是這封信，把她帶到了我們的眼前。因為，她作為一個成年的女兒，自此與天文學家父親之間，展開了多年的通信。她這個人，這個本來會在歷史上沒沒無聞的人，在文獻之中形成了一種存在。現在留下來的書信有一百二十四封。主要是女兒寫給父親的。伽利略的回信，沒能存留下來。
當初伽利略將女兒送進修道院時，或許無法料想到，十三歲的小女孩後來會長成一位善良、堅定、無私地為人著想的女性。這位修女，從她與世隔絕的生活裡寫來的一封封信件，後來竟成為他非常大的安慰。在他晚年面臨宗教法庭審判最難熬的時光裡，她也一直支持著他。

伽利略的早年，可算是意氣風發。他在比薩的時候，就經常挑戰權威的主張。他發明了望遠鏡，這使得他可以提出基於觀察的證據，去和舊權威分道揚鑣。他似乎是個帶點叛逆，但真誠可愛的人物，相信真理不是大學問家的專利，普通人只要有方法，也能觀察和認識。因此他會帶著望遠鏡，到宮廷去演示，讓王公貴族們親眼看到行星，成為他學說的支持者。他棄用拉丁文，採義大利文寫他的科學文章，以便普通人也能讀懂，特別是和技術有關的工匠：玻璃的吹工、透鏡的研磨師、造船工、樂器製造工等等。他似乎希望他們和他一樣，能為自己判斷出新方法，不要被權威給束縛。「我想要讓他們明白，正如大自然不但給了哲學家們一雙眼睛來看她的作品一樣，她也給了他們頭腦，使他們能夠領悟和理解她的作品。」

伽利略對他的研究相當自信，甚至高調。他樹敵不少。但忠誠的擁護者同樣不少。伽利略和女兒開始通信時，是他最順遂的時候。瑪麗亞．切萊斯特隔著修道院的門牆，聽聞父親在世間的成就與榮耀。父女間漸漸發展出一種知心，伽利略會將許多重要信件寄給她看。她主動提出幫父親漂洗領子，做針線活，謄寫文章。她在信裡敘述修道院裡的家常，有時也要為捉襟見肘的生活向父親請求一點援助。透過她，伽利略和修道院產生一種特別的聯繫，修女們彷彿是另一群家人，後來，在他遭遇宗教審判時，她們也為他祈禱。

伽利略在一六三三年，被宗教法庭以異端罪名審訊。他被「懷疑」支持哥白尼的地球繞日說。但背後真正的原因，很可能是他在知識上的自負惹惱了教皇烏爾班八世。

伽利略始終主張自己無罪。他沒有鬆口表示自己支持地球繞日說。他在羅馬接受審訊。期間瘟疫肆虐，父女遠隔，不得見。瑪麗亞．切萊斯特修女不斷給父親寫信，為他祈禱，同時要在修道院裡防禦瘟疫，照顧病人。那似乎是個艱難的世道，但她是個堅定的女兒，不渝地相信父親能度過一切苦厄。

為這段父女緣份劃下句點的，是死亡。當然。不會是別的。當時伽利略仍然被認定為有罪，但已經被准許離開羅馬，在家鄉附近「軟禁」。父女重聚後不久，瑪麗亞．切萊斯特修女便染急症過世了，時年三十四歲。伽利略哀痛不已。他失去的是女兒，也是多年來的精神支柱。往後幾年，他逐漸失去視力，他也坦然接受了眼前的黑暗，他說自己曾是有史以來看得最遠的人，已經足夠了。

「對於這個宇宙，我曾經用令人驚訝的觀察和明白無誤的論證，把過去幾個世紀的聰明人通常所能看到的範圍擴大了幾百倍，不，擴大了幾千倍，但它現在對我來說已經縮小，它已經縮小到只限於我的身體這麼大的一點點地方了。」

伽利略的著作在天主教廷雖然被視為禁書，但在新教世界，卻快速地流傳開來了。他已經是許多人心目中「我們時代最偉大的人」了。事功，是非，有涯的生命，無垠的宇宙。法庭的禁令束縛著他，但世間自然會有那些束縛不到的，繼續在流轉。死亡漸漸靠近。宇宙不再是伽利略用眼睛觀測、用學說證明的對象了。宇宙是什麼？宇宙對瑪麗亞．切萊斯特修女，又是什麼？

去年讀開普勒和母親，和今年讀這本伽利略和女兒的書，關於訴訟的情節，多少也有讓我想起自己遭遇過的官司，以及在那段期間，太過深陷以致未能看明白的許多事，未能懂得去感受的許多人。事情已經過去很久，我平日不會想起它。但幾次搬家，離開上海、離開北京時都捨去了大量的書本。這本小書，卻不知何時被我帶回到台北，就放在架上。或許，它在提醒我什麼，它是我有意的尋找。我一頁一頁讀著它，讀兩個四百年前的人的際遇。他們不是我。那些不是我的遭遇。但我感覺，我是受到了他們的安慰。

有位年輕人，在伽利略晚年擔任他的助理，填補了瑪麗亞．切萊斯特修女留下的部分空缺。伽利略死後，這位助理還在為恢復伽利略名聲，為他修建一座厚葬的、供人瞻仰的大墓而奔走。然而，他也沒有完成這個願望，便過世了。一七三七年，伽利略死後九十五年，他的遺體終於被遷葬到聖克羅切大教堂。

合葬在旁，但沒有銘文的，是他的女兒，一位沒有傑出事功可資流傳，僅只是沒沒無聞的修女。——僅僅只是，如同歷史上有過許多的女性、許多的無名者、許多不為自己的履歷考慮、不留事蹟的人，憑藉他們深深的信念去活出來的，那種沒沒無聞而已。

《小偷家族》裡的聖者們

《小偷家族》上映以來，應該可以說是零負評的一部電影吧。尤其最後的那場安藤櫻之哭，揉合了極深的愛，無奈，與罪責感，在對面正坐著的社工人員所象徵的「世人」面前，找不到文字，話語，和道理，只能化為眼淚流出的那場安藤櫻之哭，太動人。社會底層，無血緣關係的人們之間，存在看不到的「羈絆」，比真正有血緣關係的家人更深；擁有很少的人們，或許給得更多；是看完這部電影後，一定會去思考到的幾件事之一二。

週日聽了一場詹偉雄的黑膠分享會，他用浪漫主義的英雄romantic hero這個概念，描繪近代「人」的一種掙扎：明知是被拋擲到世上，活在不可控的命運裡，卻不甘於只是受詞的Me，而想活出自主生命而成為I——詹偉雄從這個近代「人」的掙扎，英雄式的歷程，介紹了他喜歡的音樂。我想借用這個概念，來談《小偷家族》。

《小偷家族》的主角們，正是一群對生活最沒有掌控力的人。貧窮，失業，一無所有。但這樣的他們，卻在生活中處處的微小時刻，做著主動的選擇。城市在放煙火，一家人都探頭到屋外，其實看不到，但「父親」說：不是聽得到聲音嗎？「奶奶」打開了記憶庫，記得有一種形狀的煙火呀，是不是叫做……，還有……，大家的表情，就好像真的看到了煙火一樣，都在心裡描繪起來了吧。這群彼此之間沒有血緣關係的社會邊緣人，竟然像一家人般住在了一起，他們彼此之間的關係，也是別人看不到的煙火。不是「法定義務」，而是「選擇」。

然而後來，這個家庭的解散，也是「選擇」的結果。做出這個選擇的關鍵人物，是少年。他在一直以來理所當然地接受了「父親」教他的一切，包含偷竊技巧，以及人生道理之後，也開始把偷竊教給「妹妹」了。然後才發現雜貨屋老闆其實一直知道他在偷，只是寬容地讓這些，在眼皮下發生。他認知的世界開始出現裂痕。這是因為比他更小的「妹妹」的出現，讓他不再只是被引導的Me，而成了也會教導人的I。而在成為I的同時，他也開始敏感地察覺到，這個生活方式的不對勁了。「我是故意被抓住的。」這個「故意」，是他做的一個選擇，阻斷了妹妹的偷竊，破壞了原來的平衡。這絕對是一個英雄式的選擇。雖然他不懂，正因為他不懂，這個有承擔的選擇，堅強到令人心痛。是在眼前小世界透光的裂縫之前，義無反顧地，打破了蛋殼。

在探監的一幕戲中，安藤櫻所飾演的「母親」面對少年的眼神，她是懂得他的。她看他的短髮，充滿了一個母親的愛意。但接著，她也用同樣帶著笑的眼神，把少年當成大人一樣地說話，告訴他，當初是在哪裡找到他的，如果他用心去找，有一天就能夠找到自己的原生家庭。這是這個「母親」的英雄式的選擇。她要放他高飛。她懂孩子大了，已經做出了他的英雄式的選擇。她也要以同樣的選擇回應，助他前行。她對「父親」說：「你知道的吧，我們對他是不夠的。」那一幕，安藤櫻的角色，她的微笑，散發著一種神聖性。這個在片子開頭斤斤計較著晚餐和金錢，有點俗氣的女人，完成了神聖的轉化。她在被動的人生處境裡，做出一個完全出於愛、為對方著想的主動選擇。是這樣的選擇，讓她的微笑，有了一種聖者的光輝。

看完電影後的有一天，我在《帝國的慰安婦》這本書裡，讀到一個段落。那是一位朝鮮的慰安婦阿嬤，做出離開「分享之家」獨自生活的選擇。在「分享之家」裡，慰安婦們被期待扮演「完美受害者」的角色，被引導一再重述被壓迫的痛苦記憶。而她和前線士兵之間有過的、同是帝國主義體制下被操控的天涯淪落人之感，那些互相照顧的瞬間，甚至戀愛的感覺，卻是被壓抑的。這位選擇離開的阿嬤認為，他們不讓她保有愛的記憶。這也是一個英雄式的選擇。選擇用離開，保護自己作為I的主體性；自己生命中愛的記憶，不容被否定。讀到這裡，我想起《小偷家族》裡的聖者們，這群最終被重新安置，四散在城市各個角落，重新開始生活的「家人」們。他們在警察和社工的審問下，似乎無力防守，而懷疑起了愛。但當離開警局，「姊姊」回去那個消失了的「家」的地址，「父親」帶少年去釣魚，少年無聲地叫「爸爸」。甚至在最後一幕，連「凜」這個小女孩臉上的神情，都是堅定的。即使世上將無一人能了解，他們都在守護著，心底愛的記憶。

《獨帆之聲》是誰的孤獨？

《獨帆之聲》嚇了我一跳。從電影院走出來時我想：這部電影和我預想的完全不同。並不是說它不好，就是和預期太不同了。它不全是關於一個人在大海上航行的孤獨和恐懼，不是關於自由，不是關於夢想，不是關於家人。尤其，它絕不能說是部勵志片。

都不是。實際上它是關於一個殘酷的體系。這個體系，基本上是立足在陸地上的。但它卻將一個人送上了汪洋。它讓一個人誤以為，海洋會是他（略有些擱淺了的）陸地人生的出路。海洋以其沉默，以其未知，以其神祕莫測，默許了這個幻覺。喜愛故事與奇蹟的旁觀者、媒體、市場行銷者，推波助瀾中，助長了這個幻覺。於是，真的就像海浪，一波一波地，每一句話語、每一個決定，不知不覺間都被順向同一個方向，所有的作用力，一起推導出最後的結果。

我不是唯一吃了一驚的人。散場後的電梯裡，有兩個人在對話。「我不懂怎麼會？」「他好像不小心就說得太過火，就變成那樣了。」

這讓我想到另一部，也有柯林佛斯演出的電影——約翰．勒卡雷原著小說改編的間諜片，《鍋匠，裁縫，士兵，間諜》。它也是關於一個在不知不覺中，就變得殘酷了的體系。這次，不是升斗小民順著彼此的話說，就把人推向了大海。這片是精英中的精英，劍橋畢業，受過最嚴格訓練的情治人員，在冷戰時期做出了叛國的決定。和《獨帆之聲》一樣，《鍋匠，裁縫，士兵，間諜》也有真人真事的影子。柯林佛斯演的比爾，角色原型是冷戰時期蘇聯潛伏在英國軍情六處的情報員金．菲爾比，這個現實中的人物，是在大學時候就加入共產黨，於英國潛伏了十五年，一九六三年逃往蘇聯後，還繼續在KGB效力直到過世。

約翰．勒卡雷在塑造比爾這個角色時，可能用上了金．菲爾比的形象，也可能，是融合了好幾個劍橋出身的間諜（確實，有好幾個）。和金・菲爾比不同，小說和電影中的比爾不是大學時代就加入共產黨，而是後來被策反。這樣的安排，應是有更一層深意，好藉一個西方陣營裡的自己人竟而自願投向敵方，來描寫發生在西方體制內部，一場無聲的潰敗。

片中的比爾聰明、沉著，你可以想像：就是非常適合柯林佛斯演的角色。然而在電影中，他有一種揮之不去的孤獨感。一場軍情處的派對裡，這個聰明人，顯然被身邊的人們無趣而庸俗的舉止弄得煩悶至極。唯一一個和他一樣，舉止侷促，坐立不安的孤獨者，是一個名叫吉姆的情報員（Mark Strong 飾演）。那幕戲非常精彩，比爾從一個比較高的（站著的）視角，看出了（坐著的）吉姆的孤獨。他就笑了。吉姆一抬頭，看到比爾的笑，感到終於在派對裡發現了和他同樣覺得無聊的人，他立刻也笑了，但當他想靠近時，比爾卻擺擺手掉轉頭走了。兩個孤獨者短暫的目光交會。主導權握在比爾手中。他看見，他懂了，但寧願不靠近。

這個不靠近，是一個「美學」的、自負的選擇。劇中，比爾幾乎是因為「美學的」理由，因為孤獨的緣故，而選擇了叛國。「整個西方都變得醜陋了」，身份被揭穿時他說。《鍋匠，裁縫，士兵，間諜》是用表面冷峻，實則憂傷而同情的目光，在說一個關於冷戰的故事。那是一個讓活在裡面的人，不可能好好地去「愛」的體制。互相懷疑、防守、隔絕，不理解也不被理解。《新世紀福爾摩斯》的演員班奈迪克・康伯拜區，在片中飾演一名沒有出櫃的同性戀情報員。他在受命暗中調查中情局內臥底的時候，發現以局內的運作方式，他自己的生活很有可能也在被監看，沒有祕密可言。當天回家他就跟同居的伴侶分手了。班奈迪克・康伯拜區的角色最終揭穿了比爾的間諜身份，以失去愛為代價。

《鍋匠，裁縫，士兵，間諜》是一部非常優美的電影。優美但無可挽救的，是深深嵌入在體制中的孤獨。《獨帆之聲》的企圖，應該也是拍一部憂傷美麗的電影，講的是同樣深深嵌在制度之中的無情。它使一個想要翻身、但終究無法翻身的小人物，半自願半被推著而選擇了往大海前去的路徑。他在最後留下一個字：Mercy，慈悲。但看完電影的人，應該都會想：究竟何處，有此慈悲？

從紅膠囊到郭宏法——藝術圈的孤獨者

郭宏法是藝術圈的孤獨者。

他剛出社會時，用筆名「紅膠囊」成立工作室，接插畫，畫漫畫，出圖文書，做設計，並且電視劇《薔薇之戀》中有個漫畫家角色找他演出，他便接連演了兩部偶像劇。「紅膠囊」這個名字在二〇〇〇年前後一度非常響亮，經常接受訪問，有很多粉絲。但當後來，他開始要畫他更想畫的，從藝術圈的觀點看，「插畫家」這個經歷反而是負分。

如果一定要給一個標籤，時至今日可以看得很清楚，郭宏法還是一個「藝術家」。早年的插畫家身分，也是這位藝術家經歷的一部分。他剛出社會時，經濟條件不甚充裕，投稿漫畫和插畫到報紙被採用，由此起步。有一次郭宏法談起當年的圖文書時說：如果有充裕的時間，他不會選擇那樣呈現畫面。換句話說，插畫、圖文，也仍是他非常本能地從自己出發的創作，但是有時間限制，有編輯台需要，作品便被這些條件切片取樣而出。實際上他對畫面的主見，不能長遠適應交稿的時間和版式等等，只能任之往外生長，長到沒有既定範式與規則的地方。所以說，是「藝術家」。只不過，這段從「別人眼中的插畫家」，到被認同為「藝術家」之路，走得不是那麼輕易。

郭宏法是藝術圈的孤獨者。這孤獨是幾個層次：他身上的標籤，並不完全符合他自己。他在別人眼裡屬於另一個領域。他受讀者歡迎的作品，當然也是真誠的，但不是「完成」的。他需要的完成只有自己知道。藝術家只能自己去對自己的「完成」負責。所以是藝術家。

我決定自己替郭宏法辦一個畫展時，我想的是：他應該「被更完整地看見」。觀眾應該直接面對他的作品，而不是面對身份、標籤、刻板印象。但隨著我真的動手開始做，並寫看他作品的畫記，「何謂完整」的意義才越來越向我揭露，或許仍然在持續揭露之中。

「完整看見」，不只是看見他從插畫家到藝術家的轉變，或說，從他的職業到他這個完整的人（藝術家其實不只是一個職業，是以完整的人在創作）。一度我也有些「六年級的自我哀憐」投射，覺得我們這一代，要成為完整的自己是多麼不易啊！他就是一個例子。但旋即我發現，這也必須放下：我不能用這樣的角度，限制對他作品的理解。他的作品是深深出自我們的時代，又超出時代的。藝術就是因為那真實的「超出性」而寶貴，因此不能只在時代限制裡理解郭宏法，郭宏法作品中的「超出性」必須被傳達出來，才是完整。

於是我又再看，再寫。這過程中，有藝術史學者來看展覽，指出了郭宏法對傳統宗教壁畫「瀝粉貼金」技法的轉用，用得驚人地細緻，但又是全然當代的語言。這也引導我再去看他作品中的「瀝粉貼金」，這個在壁畫中經常用在菩薩瓔珞，表現菩薩莊嚴的技法，在「以你成熟的態度」系列中真的是大量大量地運用，用在卡漫人物身上的裝飾，用在隔水的框，在畫面各處。形成一種瑰麗神奇的立體效果，一種當代性的莊嚴。

郭宏法的作品，有三個很重要的特點。第一是「新東方」：融合文化符號，傳統技法，典故題材，成就全然當代的作品。第二是「Super Deep的卡漫風」：不同於村上隆Super Flat的卡漫，郭宏法的卡漫表面很明亮，根基卻很「深」，充滿符號，意指，深刻的反思。第三是「內心攝影」，如他對「以你成熟的態度」系列的自述：「產生在不斷變化轉換在未知裡，像是我內心歷史裡龍捲風的攝影」，是誠實地由個人生命歷程，在未知，變化，暴風般現實中出的作品，因此是當代的，是台灣的，也是世界的。

無論是他作品中繁複的文化意涵，或單純畫面的美，都是不看到原畫很難理解的。為了讓這些作品「完整」被看見，因此我辦了這個展覽。然而在辦展的過程中，我越來越感到，「完整」去看一位藝術家，不是為了他，是為了我們自己。是為了知道我們其實障蔽了自己什麼。藝術家是這個社會的「他者」，而且是「創造」的他者。因此是我們寶貴的鏡子。

怎樣說活一個故事?——郭宏法的繪畫與響聲能量藝術

郭宏法是個另類的說書人。當年他在《自由時報》的圖文專欄，共鳴了好一世代的六年級生。在跨千禧的那幾年，社會變化劇烈，有些共同經歷的摸索，許多六年級生覺得他說出了他們的故事。

然而有些故事是說不清的。太具體的現實，太有形的共鳴，反而纏繞無解。所以藝術家會需要超越現實引力地縱身一躍。當他轉入純藝術界，他的畫面仍然很有故事，但是用超過現實的方式在說。

看看二〇一〇年「以你成熟的態度」系列。每個卡漫的表情，都濃縮了一種飽滿的生存狀態，雖然被傳統書畫的格式加了框，卻又滿血到幾乎破格而出。表面上框格是格式，是限制；但仔細看，框格也都被瑰麗的圖案點綴，被來自畫面中心的卡漫能量所渲染、所軟化。「以你」這個系列，正是「表情」與「格式」之間的大對話。他把「瀝粉貼金」、書法、印章、題跋、中英文同音字，都拿來變化遊戲了一番。

「為什麼叫『以你成熟的態度』？」很多人看過之後問。他答：「而我回頭解釋，應該是自己心裡『旖旎成熟得態度』吧。」雖然他有時玩同音字玩到令我翻白眼，但這回著實是貼切。觀其符號之豐富，畫面之瑰麗，層層堆疊達到的完成——藝術可謂是在創作中「旖旎成熟」，「得」出一種「態度」。

二〇一一和二〇一二兩年，他的大畫少些，小畫卻也精彩。有一個日常小物系列，那些「物」，可都是戲精哪！木屐、鞋子、電子加熱按摩棒，個個有態度。再看室內靜物畫，雖是寧靜幽微，細看光微微亮起的方式，瓶花與空氣交界的渦旋，仍然使那些時刻帶上了一種少有人知的神祕感，還是在說著沒有文字的故事。

二〇一二年之後，他有長達五年的時間不畫了。這五年，他埋首用電子模塊合成樂器造聲音。二〇一七年初，當這些「響聲能量藝術」作品陸續被完成出來時，他又開始畫了。這次，他取《山海經》的鴸，和越南歷史上的女戰士趙嫗來入畫。重新造像，等於也是重新說故事。

鴸，《山海經》中記載「有鳥焉，其狀如鴟而人手，其音如痺，其名曰鴸鳥，其鳴自號也，見則其縣多放士」的奇幻生物。就是說鴸出現的地方，士人不大安於位，在安土重遷的古代被視為不祥。但如今全球化，「鴸」不但不再是怪物了，都快成城市留鳥了。而趙嫗呢，這是一位和三國同時代，生在九真郡（今越南國境內）的年輕女子，和兄長起義反抗孫吳政權，死而為神。也是一個在歷史上不被看好（女性、反賊），今日或有新詮的故事。

這次畫展，有一個小展間播放著響聲能量作品。聲音從聽覺上，自然地為觀者打開一種空間感，神祕而遼闊，什麼都有可能。畫作又把鴸和趙嫗帶到我們的眼前，裡面是他為他們發明的新形象。這次，何妨放下古代的標準，用當代的眼和耳去感受呢？藝術可以一次次地在當下造出能量場域，用新的方式連接古老的故事。至於意義，可以留給觀者去發現。這應該就是我們時代的另類說書人郭宏法，講故事的新方式——不必共鳴於特定世代的經驗，卻反而使我們可以共同去展開。它是這樣把故事說活的。

後記

關於家鄉

這本書中的文章，有一半寫於五年前，當時我人住在北京，另一半，寫在去年，在我搬回台北之後。

我的出生地台北，在台灣是大家口中的「天龍國」。小時候過年我們全家會回宜蘭，但說真的，宜蘭比較是我爸爸的家鄉，而不是我的。我不熟悉它。當看到爸爸在宜蘭老家的模樣，我意識到這點：爸爸和我們一樣住在台北，但他有一個在台北之外、可以回憶、可以「回去」的「家鄉」。媽媽也有，雙溪是她的「家鄉」。我住在台北，出門回家都是台北，我沒有那個當下以外的「家鄉」。

後來到上海工作。第一次從上海返回，抵達時間是天色已經暗下來了的七點過後。我坐進一班機場客運裡，車往市區行駛，車上沒有人說話。我意識到周遭的色度，光源和明亮度，空氣的質地，天空的大小幅度，都變得不一樣。那是一個相比於上海，比較暗淡，卻寧靜澤濕的環境，它默默守己，它向著夜空敞開自己。在那個色聲香味觸的覺受維度裡，我意識到，我有了一個「家鄉」。

後來，我仍然經常離開台北去別的地方。但從來不認為家鄉和外面的世界是分離的。在一些非常安靜的時刻裡，如果我能夠在心裡讓自己回家，我往往真實地感到，世界是以能夠被人類溫柔感應同理的方式，層層擴大。在天空下相連。在比霧更深的地方相連。

比霧更深的地方

作者	張惠菁
社長	陳蕙慧
主編	陳瓊如
行銷企畫	李逸文、廖祿存、姚立儷
校對	魏秋綢
設計	莊謹銘
排版	宸遠彩藝
社長	郭重興
發行人兼出版總監	曾大福
出版	木馬文化事業股份有限公司
發行	遠足文化事業股份有限公司
地址	231 新北市新店區民權路 108-2 號 9 樓
電話	（02）2218-1417
傳真	（02）2218-0727
Email	service@bookrep.com.tw
郵撥帳號	19588272 木馬文化事業股份有限公司
客服專線	0800-221-029
法律顧問	華洋國際專利商標事務所 蘇文生律師
印刷	呈靖印刷股份有限公司
初版一刷	2019 年 02 月
初版七刷	2021 年 07 月
定價	350 元

國家圖書館出版品預行編目

比霧更深的地方 / 張惠菁著 . -- 初版 . -- 新北市 : 木馬文化出版 : 遠足文化發行 , 2019.02
面； 公分
ISBN 978-986-359-634-9（平裝）

855　　107022406